# 국어시간에 세계단편소설읽기 2

국어시간에
세계단편소설읽기 2

송무 기획 ― 전국국어교사모임 엮음

Humanist

# 국어 시간에 가장 많이 읽는 책

전국국어교사모임은 신나고 재미있는 국어 수업을 만들기 위해 20년이 넘게 애써 왔습니다. 특히, 중·고등학생들이 읽을 만한 책이 없는 상황에서 학생들이 즐겨 읽을 수 있는 책들을 펴내 청소년 문학에 새바람을 불러일으켰습니다. 학생들의 눈높이를 가장 잘 알고 있는 현장의 국어 선생님들이 엮은 '국어시간에 읽기' 시리즈는 학생들의 관심과 흥미를 살폈을 뿐 아니라, 학생들의 삶이나 현실과 맞닿아 있어 공감을 끌어낼 수 있었습니다.

우리 모임에서 청소년 문학으로 낸 첫 번째 책은 김은형 선생님이 수업에 활용했던 소설을 모아 엮은 《국어시간에 소설읽기 1》입니다. 이 책은 나오자마자 청소년 문학 베스트셀러가 되었습니다. 학생들의 눈높이에 맞는 책인지라 수업 시간에 가장 많이 읽는 책이 되었으며, 여러 권위 있는 단체에서 '중학생이 읽기 좋은 책', '중학생에게 읽기를 권장하는 책'으로 뽑았습니다. 우리는 이어서 《국어시간에 시읽기》, 《국어시간에 생활글읽기》 등을 차례로 펴냈고, 그 책들은 모두 현장 국어 교사들이 수업에 적극 활용하는 책이면서 학생들이 즐겨 읽는 책으로 자리 잡았습니다. 이후 아이들에게 더 많은 읽을거리를 제공하고 싶다는 바람으로 《국어시간에 세계단편소설읽기》, 《국어시간에 세계시읽기》, 《국어시간에 세계희곡읽기》 같은 세계 문학 선집도 엮게 되었습니다. 이 모든 읽을거리가 청소년들의 삶을 더욱 풍성하게 하고, 청소년들의 생각을 더 크고 넓게 해 줄 거라 믿습니다.

'국어시간에 읽기' 시리즈는 학생들에게 읽기의 즐거움을 맛보게 해 준 책입니다. 또한 청소년 문학 시장에 다양한 분야의 책이 나올 수 있도록 마중물 역할을 하였습니다.

'국어시간에 읽기' 시리즈를 통해 학생들이 세상을 이해하고 세상 속으로 한 걸음 나아가기를 기대합니다. 또한 우리 주변의 진솔한 삶의 이야기, 그 속에 숨어 있는 보석 같은 깨달음이 여러분과 함께하기를 바랍니다.

이 책들이 모든 사람에게 오래도록 사랑받기를 바랍니다.

전국국어교사모임

# 경험과 생각과 상상이 자란다

중학생을 위한 세계 문학 선집을 내자고 계획했던 것도 벌써 몇 해
전 일입니다. 그동안 전국국어교사모임에서는 중학생들이 읽을 만
한 우리 문학 작품집을 여럿 내놓았습니다. 하지만 우리 문학만으로
는 여러 나라 사람들의 다양한 삶의 경험을 알고 싶어 하는 청소년
들의 욕구를 다 채울 수 없었습니다. 그래서 우리 문학뿐 아니라 세
계 여러 나라의 좋은 읽을거리를 다양하게 제공하는 것이 매우 중요
하다고 생각했습니다.

　청소년을 위한 세계 문학 작품이 서점에 없는 것은 아닙니다. 하
지만 대부분 영미·유럽 문학 중심인 데다가 원작 그대로가 아니라
는 데 문제가 있습니다. 즉, 원작을 많이 줄이고 쉽게 고쳐 써서 그저
읽기 쉽게 만들어 놓은 것입니다. 그런 책들을 읽는 것도 나쁘지는
않습니다. 하지만 서양 문학 중심으로만 읽으면 생각이 한쪽으로 기
울기 쉽고, 쉽게 고쳐 쓴 탓에 원작의 원래 맛과 향기를 제대로 음미
할 수가 없습니다. 그래서 원작의 내용을 손상시키지 않고 중학생들
에게도 읽힐 수 있는 다양한 문화권에서 좋은 작품을 찾기로 하였습
니다.

　첫째 기준은 되도록 여러 문화권을 대표하는 작품을 고루 찾자는
것이었습니다. 생각을 넓히는 데는 서로 다른 삶의 조건에서 사는
사람들의 다양한 경험과 생각을 읽는 일이 무엇보다 큰 도움이 되기

6

때문입니다. 둘째 기준은 되도록 다양한 주제와 이야기 수법을 모으자는 것이었습니다. 사람들이 자신의 경험과 생각을 어떻게 개성 있게 표현하는가를 배울 수 있게 하기 위해서입니다. 물론 그러면서도 너무 어렵거나 길지 않아야 했습니다. 또 되도록이면 우리나라에 아직 소개되지 않은 작품이어야 했습니다.

그런 기준에 맞는 작품을 찾기 위해 수백 편의 작품을 읽었습니다. 하지만 모든 기준에 맞는 작품을 찾기는 생각만큼 쉽지 않았습니다. 내용이 좋으면 길이가 길든가, 다른 조건이 맞으면 주제가 적절하지 않든가, 또는 너무 한 문화권에 몰려 있었습니다. 무엇보다 안타까운 것은 저작권 문제로 좋은 작품들을 많이 포기할 수밖에 없었던 일입니다. 하여간 여러 곡절 끝에 21편의 작품을 두 권으로 나누어 실을 수 있게 되었습니다. 최종 선정 작업에는 전국국어교사모임의 여러 선생님이 참여해 주셨고 작품의 이해를 도울 수 있는 귀중한 도움말을 '생각 나누기'와 '생각 넓히기'라는 이름으로 써 주셨습니다.

우리 문학뿐 아니라 세계 문학까지 두루 읽어야 하는 까닭은 우리의 경험과 생각을 더욱 풍부하고 깊게 하기 위해서, 우리의 생각과 상상을 다양하고 자유롭게 표현할 수 있는 언어 능력을 기르기 위해서입니다. 이 책에 실린 작품들은 그런 일에 많은 도움이 되리라고 믿습니다. 이 책에 실린 이야기들을 재미있게, 그리고 꼼꼼하게 읽어 주기 바랍니다. 여러분이 재미있어 하면 우리는 앞으로 훌륭한 작품을 더 많이 소개할 준비가 되어 있습니다.

송무, 이영석, 황의열

# 차례

# 열린 유리문 The Open Window

사키 지음

송무 옮김

## 사키 | Saki (1870~1916)

본명은 헥터 휴 먼로다. 미얀마에서 태어나 영국에서 교육을 받고 다시 미얀마에 가서
경찰로 근무하다가 건강 때문에 퇴직한 뒤 해외 특파원으로 일하였다. 정치 풍자 글들
을 신문에 발표하여 재능을 인정받고 런던에 정착한 뒤로는 기지가 넘치고 시대를 날
카롭게 비판하는 단편소설을 잇달아 발표하면서 명성을 날렸다. 대표 소설집으로 《레
지날드》, 《클로비스의 연대기》, 《야수와 초야수》 등이 있다. 풍부한 기지와 정제된 언어,
잘 짜여진 구성의 작품들을 남겨 오늘날 단편소설의 대가로 평가받고 있다.

"너를 선생님, 이모가 곧 내려오신다고 했으니 조금만 기다려 주세요."

차분하게 생긴, 열다섯 살 난 소녀가 말했다.

"그때까지 저랑 있는 게 좀 지루하더라도 참으셔야 해요."

프램턴 너틀은 잠시 뒤에 내려올 이 소녀의 이모에게 실례가 되지 않으면서도, 앞에 앉은 소녀를 적당히 기분 좋게 해 줄 만한 말을 찾느라고 애를 썼다. 그러면서도 속으로는, '이렇게 전혀 모르는 사람들을 만나는 것이 자신이 받아야 하는 신경정신과 치료에 무슨 도움이 될까.' 하는 생각을 했다. 아무래도 별 도움이 되지 않을 것 같았다.

그가 이 외진 시골로 거처를 옮기려고 준비할 때, 그의 누이가 말했다.

"네가 거기 가면 어떻게 될지 뻔해. 넌 콕 틀어박혀 사람들이랑 말도 하지 않고 지낼 텐데, 그러다가는 우울증에 걸려 상태가 더 나빠질 거야. 거기에 내가 아는 사람들이 있으니 그 사람들에게 소개장을 써 줄게. 내 기억에 그중 몇 사람은 꽤 괜찮은 사람이었어."

프램턴은 지금 새플턴 부인이라는 사람에게 소개장을 가져왔는데, 이 부인이 '꽤 괜찮은 사람'에 속하는지 궁금했다.

"이 근처 사람들을 많이 아세요?"

침묵을 충분히 주고받았다고 판단했는지, 소녀가 물었다.

"아니, 거의 잘 몰라."

프램턴이 말했다.

"4년 전쯤 내 누이가 이곳에 살았었지. 신부님 댁에서 말이야. 그 누이가 이곳에 사시는 몇몇 분들께 소개장을 써 주었어."

그의 말꼬리에는 후회하는 듯한 말투가 배어 있었다.

"그럼 제 이모에 대해서는 아무것도 모르시겠군요?"

소녀가 차분하게 물었다.

"이름하고 주소밖에 모르지."

그는 새플턴 부인에게 남편이 있는지, 아니면 부인이 남편을 잃고 홀로된 사람인지가 궁금했다. 뭐라고 꼭 집어 말할 수는 없지만 방 안에는 남자가 사는 것 같은 분위기가 어려 있었다.

"이모가 커다란 비극*을 겪은 게 꼭 3년 전이에요. 그 일은 선생님의 누이께서 이곳을 떠나신 뒤에 일어났을 거예요."

"비극이라고?"

프램턴이 놀라 물었다. 어쩐지 이 평온한 시골에 비극이라는 말은 어울리지 않았다.

"10월 오후에 왜 저 큰 유리문을 열어 놓고 있는지 궁금하지 않으세요?"

소녀는 뜰을 향해 열려 있는 유리문을 가리키며 말했다.

"10월치고는 날씨가 따뜻해서겠지. 그런데 저 유리문이 그 비극하고 무슨 상관이 있지?"

프램턴이 물었다.

"꼭 3년 전 오늘, 저 유리문으로 이모부와 삼촌 두 분이 사냥을 하러 나가셨어요. 그러고는 돌아오지 않으셨죠. 습지를 건너 그분들이 좋아하는 도요새 사냥터로 가시다 세 분이 다 늪에 빠진 거예요. 비가 지독하게 왔던 여름이었거든요. 전에는 괜찮았던 곳이 갑자기 푹푹 꺼져 들어간 거예요. 시신은 끝까지 못 찾았어요. 그 일이 가장 끔찍했죠."

지금까지 차분하게 말하던 소녀는 이 대목에서 더듬거리기 시작했다.

"가엾게도 이모는 그분들이 언젠가 돌아올 거라고 생각하세요. 그분들과 함께 나간 조그만 갈색 스패니얼*도 돌아오지 않았는데, 그 녀석도 전처럼 저 유리문으로 걸어 들어오리라 생각하는 거예요. 그래서 저 유리문을 매일 저녁 어둑어둑해질 때까지 열어 놓는답니다. 딱하기도 하죠. 틈만 나면 제게 그분들이 어떻게 나가셨나, 얘기해 주시거든요. 나가실 때 이모부는 흰 비옷을 팔에 걸치고 있었고, 막내 삼촌은 〈버티, 넌 왜 깡충거리니?〉라는 노래를 흥얼거렸대요. 이모가 그 노래를 싫어하는 걸 알고 일부러 놀리느라고 늘 그 노래를 불렀다나요. 그래서 말이에요, 오늘같이 고즈넉한 저녁에는 이따금 그분들이 모두 저 유리문으로 걸어 들어오지나 않을까 하는 생각이 들어 온몸이 오싹해져요."

• 비극 | 슬프고 끔찍한 일.
• 스패니얼 | 몸집이 작은, 새 사냥용 개.

소녀는 말을 뚝 끊고 몸을 부르르 떨었다. 그때 소녀의 이모가 부산스럽게 방으로 들어서며 늦게 내려와 죄송하다는 말을 늘어놓는 바람에 프램턴은 조금 마음이 놓였다.

"우리 베라가 손님을 즐겁게 해 드리던가요?"

부인이 물었다.

"네, 재미있었습니다."

프램턴이 말했다.

"저 유리문, 열어 두어도 괜찮으시겠죠?"

새플턴 부인이 쾌활한 목소리로 물었다.

"제 남편하고 동생들이 사냥을 나갔는데, 이제 돌아올 때가 됐거든요. 그 사람들은 늘 저 문으로 들어와요. 오늘은 늪지대로 도요새 사냥을 나갔답니다. 이제 그 사람들이 이 불쌍한 양탄자를 엉망으로 만들어 놓고 말 거예요. 남자들이 다 그렇잖아요."

부인은 사냥이 어떻다느니, 요즘 새가 많이 줄어들었다느니, 겨울철 오리 사냥은 어떨 거라느니 하면서 계속 쾌활하게 떠들어 댔다. 프램턴은 그 모든 이야기가 한없이 끔찍하기만 했다. 그래서 화제를 바꿔 보려고 온갖 애를 썼지만 그다지 성공을 거두지 못했다. 그는 부인이 자신에게 별다른 관심이 없다는 것을 알아챘다. 부인의 눈길은 줄곧 열린 유리문과 그 너머 뜰을 향하고 있었다. 하필 비극의 기념일에 이 집을 방문한 것은 우연치고는 무척이나 운이 나쁜 일이었다.

"의사마다 하는 말이 똑같더군요. 저더러 푹 쉬고 흥분해서는 안 되고 운동도 심하게 해서는 안 된다고요……."

대부분의 사람들은 처음 보는 사람이나 우연히 알게 된 사람의 질병과 그 원인이나 치료법에 대해 시시콜콜 알고 싶어 한다는 잘못된 생각을 가지고 있었다. 프램턴 역시 그렇게 생각했다.

"먹는 문제에 대해서는 의사마다 말이 다르더군요."

그가 이어 말했다.

"그런가요?"

새플턴 부인은 하품을 참아 가며 대답했다. 그러다가 갑자기 명랑한 표정으로 바짝 주의를 기울였다. 그렇다고 프램턴의 이야기에 주의를 기울인 건 아니었다.

"이 사람들이 이제 왔나 봐요. 딱 저녁 먹을 시간에 맞춰 왔네요. 저것 봐요, 온몸이 진흙투성이 아니에요?"

부인이 큰 소리로 외쳤다.

프램턴은 몸을 부르르 떨며 소녀 쪽으로 얼굴을 돌렸다. 소녀는 공포가 가득 찬 눈으로 열린 유리문 밖을 뚫어져라 바라보았다. 프램턴은 말로 표현할 수 없을 정도로 오싹한 무서움을 느끼며 의자에서 휙 몸을 돌려 같은 방향을 바라보았다.

어둑해지는 저물녘, 세 사람의 그림자가 뜰을 가로질러 유리문 쪽으로 걸어오고 있었다. 그들은 총을 겨드랑이에 끼고 있었고, 그중 한 사람은 흰 비옷을 어깨에 걸치고 있었다. 지친 갈색 스패니얼이 그들의 발꿈치에 바짝 붙어 따라왔다. 그들은 아무 소리도 내지 않고 집으로 오는 중이었다. 얼마 지나지 않아 황혼

을 뚫고, 한 젊은이가 쉰 목소리로 흥얼거리는 노랫소리가 들려
왔다.

"버티, 넌 왜 깡충거리니?"

프램턴은 지팡이와 모자를 와락 움켜쥐었다. 곤두박질치듯 정
신없이 달아나는 그의 의식 속에 현관문과 자갈 깔린 차도와 대
문이 차례로 흐릿하게 스쳐 갔다. 반대쪽에서 자전거를 타고 오
던 사람이 다급하게 그를 피하려다가 나무 울타리를 들이받고
말았다.

"여보, 우리 돌아왔소."

흰 비옷을 어깨에 걸친 사람이 유리문으로 들어오면서 말했다.

"진흙 범벅이야. 하지만 대충 말랐소. 그런데 우리가 들어올 때
부리나케 뛰쳐나간 사람은 누구요?"

"아주 별난 사람이에요. 너틀이라는 사람인데, 자기 병 이야기
만 잔뜩 늘어놓더니, 당신네가 돌아오니까 글쎄 온다 간다 말없
이, 미안하단 말도 없이 그냥 뛰쳐나가 버렸네요. 허깨비라도 본
사람처럼 말예요."

"저 스패니얼 때문인지도 몰라요."

소녀가 침착하게 말했다.

"그분은 개를 끔찍하게 무서워한다고 했거든요. 예전에 갠지
스 강둑 어딘가에서 들개 떼에게 쫓겨 공동묘지로 달아난 적이
있대요. 새로 판 무덤구덩이에 뛰어들었는데, 들개들이 거품을
물고 이빨을 드러내며 으르렁거리는 것을 들으면서 온밤을 꼬박

샜다고 하더군요. 누구라도 겁먹을 만하죠."

짧은 순간에 이야기를 지어내는 게 이 소녀의 장기였다.

1 프램튼 너틀이 이해한 상황과 실제 상황이 어떻게 다른지 비교해
  보세요.


2 소녀는 왜 이런 이야기를 지어냈을까요?


3 시계탑, 동상 등 학교에 흔히 있는 사물에 얽힌 이야기를 반전을
  넣어 지어 보세요.

:: 생각 넓히기

여러분은 이 소설을 읽고 공포에 사로잡혔는가? 아니면 황당하기 그지없었는가? 프램튼 너틀처럼 두려움에 떨었다면 이 소설의 마지막 문장을 다시 읽어 보자.

"짧은 순간에 이야기를 지어내는 게 이 소녀의 장기였다."

이 소설의 묘미는 이야기의 흐름을 뒤집어 놓는 반전에 있다. 작가는 시치미를 뚝 떼고 소설의 분위기를 괴기스럽게 몰고 간다. 그렇기 때문에 막 소설에 빠져든 독자들은 소녀의 떨리는 몸짓, 유리문을 쳐다보는 부인의 눈빛마저 공포와 연결시킨다. 독자나 프램튼 너틀은 마지막 장면에 이르기까지 자신들이 무엇을 놓쳤는지 알아차리지 못한다. 이렇듯 놓치고 지나쳐 버린 소설 속의 숨은 그림을 '복선'이라고 한다. 복선은 작가가 결정적인 사건을 설명하기 위해 비밀리에 숨겨 둔 장치다. 이 소설의 재미를 한껏 느끼고 싶다면, 복선을 찾아가며 다시 한 번 소설을 읽어 보자.

한편 소녀는 신경증을 앓고 있는 프램튼 너틀에게 왜 이런 고약한 거짓말을 한 것일까? 소설의 상황을 되짚어 보며 이야기를 나누어 보자.

소녀는 이야기꾼의 자질인 순발력과 재치가 있다. 소녀처럼 자신 안의 이야기가 차고 넘치거나 이야기 꾸미기에 남다른 소질이 있다면 그 재능을 긍정적으로 키워 소설가가 되어 보는 것은 어떨까. 물론 이야기를 들려주는 일을 소녀처럼 무척이나 재미있어 한다면 말이다.

# 내기 Пари

## 안톤 파블로비치 체호프 지음

### 김성일 옮김

**안톤 파블로비치 체호프** Антон Павлович Чехов (1860~1904) ·····················

남러시아의 항구도시 타간로크에서 태어나 열여섯 살 때 아버지가 파산하는 바람에 고
학으로 중학교를 마쳤다. 열아홉 살 때 모스크바대학 의학부에 입학했는데, 이때 가족
의 생계를 위해 잡지에 단편소설을 기고하기 시작했다. 이 무렵에 이미 풍자와 유머, 애
수가 담긴 뛰어난 단편을 여럿 발표하였다. 대학을 졸업하고 의사가 되었으며, 이후에
도 작가 활동을 계속하였다. 1890년대에는 죄수들의 유형지인 사할린 섬의 감옥 제도
실태를 조사한 후 르포 〈사할린 섬〉을 써서 큰 반향을 일으켰다. 〈귀여운 여인〉, 〈약혼
녀〉, 〈개를 데리고 다니는 여인〉 등 800여 편의 작품을 남겼다.

## 1

어두운 가을밤이었다. 늙은 은행가는 사무실 이쪽저쪽을 왔다 갔다 하며 15년 전 가을에 자신이 주최했던 파티를 회상하고 있었다. 손님 중에는 유식한 사람이 많아서인지 흥미로운 대화가 오갔다. 그중에는 사형에 대한 이야기도 있었다. 손님들은 대부분 학자와 기자라서 사형에 대해 부정적인 태도를 보였다. 그들은 사형 제도를 두고 낡고 무익한 제도인 데다가 비도덕적이라고 비난했다. 그중 몇 사람은 사형 제도를 종신형으로 대체하는 게 여러모로 바람직하다고 주장했다.

"나는 여러분 의견에 동의할 수 없습니다."

파티의 주최자인 은행가가 말했다.

"나는 사형도 종신형도 받은 적이 없지만, 사형이 종신형보다 더 도덕적이고 인간적이라고 생각합니다. 사형은 사람을 단번에 죽이지만, 종신형은 천천히 죽이기 때문이죠. 어떤 제도가 더 인간적일까요? 몇 분 만에 당신을 죽이는 쪽일까요, 아니면 오랜 세월을 질질 끌면서 당신의 생명을 앗아 가는 쪽일까요?"

"어느 쪽이든 비도덕적이기는 마찬가지입니다."

손님 중에 누군가가 말했다.

"왜냐하면 둘 다 생명을 박탈하는 데 목적을 두고 있기 때문이죠. 국가는 신이 아닙니다. 한 번 잃으면 되찾을 수 없는 생명을 국가가 빼앗을 권리는 없습니다."

손님 중에는 스물다섯 살쯤 된 젊은 변호사 한 사람이 있었다. 사람들이 그의 의견을 묻자, 그는 이렇게 말했다.

"사형이든 종신형이든 비도덕적이기는 매한가지입니다. 하지만 그래도 누가 제게 사형과 종신형 중에서 하나를 선택하라고 한다면, 물론 저는 후자를 택하겠습니다. 어찌 됐든 사는 게 아예 죽어 없어지는 것보다 나을 테니까요."

열띤 논쟁이 벌어졌다. 그때만 해도 지금보다 젊고 예민했던 은행가는 갑자기 냉정함을 잃고, 주먹으로 책상을 내리치며 젊은 변호사를 향해 소리쳤다.

"그렇지 않아요! 만약 당신이 독방에 5년 동안 들어가 있을 수 있다면, 나는 당신에게 200만 루블*을 내놓겠소."

"그게 만약 진담이라면, 5년이 아니라 15년 동안 들어가 있겠다는 조건으로 내기에 응하겠습니다."

변호사가 대답했다.

"15년? 좋소!"

은행가는 소리쳤다.

"여러분, 내가 200만 루블을 걸겠습니다!"

"좋습니다! 당신은 200만 루블을 거십시오. 저는 제 자유를 걸겠습니다!"

변호사가 말했다.

이렇게 해서 그 기이하고 무의미한 내기가 이루어진 것이었다. 은행가는 당시 셀 수 없을 정도로 돈이 많았기에 즉흥적인

26

내기를 하고 꽤나 흥분했다. 저녁 식탁에서 그는 변호사에게 농담 삼아 말했다.

"젊은이, 아직 늦지 않았으니 정신을 차리시오. 사실 내게 200만 루블은 별것 아니지만, 당신은 인생의 황금기를 3, 4년 잃게 되는 것 아닙니까. 내가 3, 4년이라고 말한 이유는 당신이 그 이상 버티지 못할 것이기 때문이오. 불행한 친구, 또한 잊지 말아야 할 것은 자발적으로 선택한 감금은 강제적인 감금보다 훨씬 더 힘들다는 점이오. 매 순간 당신이 자유의 몸이 될 수 있는 권리를 스스로 갖고 있다는 생각은 독방에 앉아 있는 당신의 존재에 독을 퍼뜨릴 겁니다. 난 당신이 불쌍하오!"

그랬던 은행가는 지금 이쪽저쪽을 오가며, 이 모든 것을 돌이켜 본 후 스스로에게 물었다.

"무엇 때문에 이런 내기를 했을까? 변호사가 인생의 15년을 잃고 내가 200만 루블을 날리는 것이 대체 무슨 의미가 있단 말인가? 그것으로 사형이 종신형보다 낫거나 나쁘다는 것을 증명할 수 있단 말인가? 아니야, 아니야, 정신 나간 짓이야. 내 입장에서는 배부른 인간의 변덕 때문에 벌인 일이었고, 그 변호사 입장에서는 순전히 돈에 대한 탐욕 때문에 벌인 일이었지……."

그는 계속해서 그날 저녁 이후에 있었던 일들을 떠올려 보았다. 변호사는 은행가의 집 정원에 있는 바깥채 중 한 곳에 엄중

---

• 루블 | 러시아의 화폐 단위.

한 감시를 받으며 감금되도록 결정되었다. 또한 그에게 15년 동안 바깥채의 문턱을 넘을 권리, 살아 있는 사람들을 보거나 그들의 목소리를 들을 권리, 그리고 편지와 신문을 받아 볼 권리를 박탈한다는 조건이 붙었다. 악기를 소지하거나 책을 읽고 편지를 쓰는 일, 그리고 술을 마시고 담배를 피우는 일 등은 허용되었다. 조건에 따르면, 그가 외부 세계와 접촉할 수 있는 유일한 통로는 내기를 위해 특별히 만들어진 작은 창문이었다. 그것도 말없이 이루어져야만 했다. 책이나 악보, 술 등 그가 필요로 하는 모든 것은 메모지에 적기만 하면 무한정 공급받을 수 있었지만 반드시 창문을 통해서만 가능했다. 계약서는 완벽한 독방 감금이 되게끔 조목조목 면밀하게 검토되었다. 계약서에 따르면, 변호사는 정확히 1870년 11월 14일 12시부터 1885년 11월 14일 12시까지 감금되도록 되어 있었다. 변호사가 조금이라도 조건을 위반할 경우에는, 설령 기한을 마치기 2분 전이라 할지라도 은행가는 변호사에게 200만 루블을 지불할 의무에서 벗어날 수 있었다.

변호사가 감금되던 첫해에 남긴 짧막한 메모들로 미루어 볼 때, 그는 고독과 권태로 매우 고통스러워 했다. 그가 감금된 바깥채에서는 밤낮으로 계속해서 피아노 소리가 들려왔다. 그는 술과 담배는 받지 않았다. 그가 메모지에 쓴 글에 따르면 술은 욕망을 부추기는 것으로, 그 욕망은 감옥에 갇힌 사람에게 첫 번째 적이라는 것이었다. 게다가 함께할 상대도 없이 좋은 술을 마시는 것처럼 따분한 일은 없다고 했다. 그리고 담배는 방 안의 공기를 탁하게 만든다는 것이었다. 첫해에 변호사가 받아 본 책들은 복잡한 줄거리로 이루어진 연애소설이나 탐정소설, 환상소설, 코미디물 등 지극히 가벼운 내용의 책이었다.

해가 바뀌자 바깥채의 음악 소리는 잠잠해졌다. 변호사는 메모지에 단지 고전 서적들이 필요하다는 요구 사항을 적어 낼 뿐이었다. 5년째 되던 해 바깥채에서는 다시 음악 소리가 들리기 시작했다. 그리고 변호사는 술을 요구했다. 창문을 통해 그를 관찰한 사람들 말로는, 그해에 그는 오로지 먹고 마시고 침대 위에 누워 있을 뿐이었으며, 하품을 자주 하고 신경질적으로 혼잣말을 했다고 한다. 책은 읽지 않았고 이따금 밤을 지새우며 글을 쓰고, 아침이면 모두 갈기갈기 찢어 버렸다고 했다. 우는 소리도 여러 번 들렸다고 했다.

6년 반쯤 되었을 때, 변호사는 언어와 철학, 역사 분야를 열심히 공부하기 시작했다. 그가 이런 학문들에 너무도 강렬하게 몰입했기 때문에 은행가는 책을 대 주기가 벅찰 정도였다. 그의 요구에 따라 4년 동안 은행가가 주문한 책은 600여 권에 달했다. 그 기간에 은행가는 변호사에게 다음과 같은 편지를 받았다.

친애하는 나의 간수님! 당신에게 이 문장들을 여섯 개의 언어로 쓰겠습니다. 이것을 전문가들에게 보여 주고 읽어 보라고 하세요. 만일 그들이 한 군데라도 틀린 곳을 찾아내지 못할 경우, 간청하건대 사람을 시켜 정원에서 총을 한 발 쏘도록 해 주세요. 그 총 한 발은 나의 노력이 헛수고가 아니었다는 것을 내게 말해 줄 것입니다. 수백 년 동안 온 세상의 천재들이 다양한 언어로 진리를 말해 왔지만 그 말 속에는 오로지 하나의 불꽃이 타오르고 있을 뿐입니다. 오, 내가 이것을 이해할 수 있음으로써 내 영혼이 누리는 천상의 행복을 당신이 알기나 할까요!

변호사의 희망은 이루어졌다. 은행가는 정원에서 총을 두 번 쏘도록 지시했다.

10년이 지난 후부터, 변호사는 책상 앞에 꼼짝 않고 앉아 오직 복음서만을 읽었다. 은행가는 이상하게 생각했다. 4년 동안 600여 권의 심오한 서적을 섭렵한 사람이, 알기 쉽고 두껍지도 않은 책 한 권을 읽는 데 1년을 허비한 것이다. 복음서의 뒤를 이은 책은 종교사와 신학 관련 책들이었다.

변호사는 갇히고 나서 마지막 2년 동안 종류를 가리지 않고 엄청나게 많은 책을 읽었다. 자연과학을 공부하는가 하면 바이런이나 셰익스피어의 책을 요구하기도 했고, 화학책, 의학 교과서, 장편소설, 철학이나 신학 논문 따위를 동시에 보내 달라는 메모를 보내기도 했다. 그의 독서는 마치 바다 위에 널려 있는 난파선의 잔해들 사이를 헤엄치면서 자신의 목숨을 건지려고 무엇이든 붙잡는 한 인간의 몸부림처럼 느껴졌다.

## 2

늙은 은행가는 지금까지 있었던 일들을 떠올리며 생각했다.

"내일 12시가 되면 그는 자유를 얻을 것이다. 계약한 대로 나는 그에게 200만 루블을 지불해야 한다. 내가 돈을 지불하면 모든 게 끝난다. 그렇지만 나는 완전히 파산할 것이다."

15년 전만 해도 은행가에게는 셀 수 없을 만큼 많은 돈이 있었지만, 지금은 자신의 돈과 빚 중에 어느 쪽이 더 많은지 스스로에게 묻는 것조차 두려웠다. 자포자기식의 주식 놀음, 위험한 투기에 대한 열정은 나이가 들어서도 버릴 수 없었고, 그로 인해 그의 사업은 조금씩 기울었다. 그리하여 대담하고 자신만만했던 부자 은행가는 주식이 조금이라도 오르락내리락할 때마다 부들부들 떠는 이류 은행가로 전락하고 말았다.

"망할 놈의 내기 같으니!"

은행가는 두 손으로 머리를 감싸며 중얼거렸다.

"어째서 이 인간은 죽지 않았을까? 이자는 아직 마흔 살밖에 안 됐어. 이자는 내 마지막 재산을 가져가 결혼도 하고 주식 투자도 하면서 인생을 즐기겠지. 그런데 나는 거지처럼 선망의 눈으로 그를 바라보면서, 날마다 그가 되풀이하는 말을 듣게 될 거야. '나는 당신에게 내 인생의 행복을 빚졌습니다. 그러니 당신을 도와주게 해 주세요!' 아니야, 이건 너무해! 부도와 치욕을 면할 수 있는 유일한 길은 이자가 죽는 것뿐이야!"

시계가 새벽 세 시를 알렸다. 은행가는 귀를 기울였다. 집안 식구들은 모두 잠들었고, 창문 너머 얼어붙은 나뭇가지들이 부딪치며 내는, 사각거리는 소리만 들릴 뿐이었다. 소리를 내지 않도록 주의하면서, 그는 15년 동안 한 번도 열린 적 없는 문의 열쇠를 내화° 금고에서 꺼냈다. 그러고는 외투를 입고 집을 나섰다.

정원은 어둡고 추웠다. 그리고 비가 내리고 있었다. 매섭고 축축한 바람이 정원을 온통 휩쓸고 다니면서 나무들을 괴롭혀 댔다. 은행가는 눈을 부릅떴지만 땅이고 하얀 석상이고 바깥채고 나무들이고 아무것도 분간이 되지 않았다. 그가 바깥채까지 와서 경비원을 두 번 불렀지만 아무 대답도 들리지 않았다. 경비원은 사나운 날씨를 피해 부엌이나 온실 어딘가에서 자고 있는 것이 분명했다.

'내가 내 목적을 용기 있게 행동으로 옮긴다면, 누구보다도 경비원이 의심을 받게 될 거야.'

그는 어둠 속에서 계단과 문을 더듬어 찾아내고는 바깥채의 현관으로 들어갔다. 그리고 겨우 좁은 복도 안으로 들어가 성냥불을 켰다. 그곳에는 아무도 없었다. 빈 침대가 놓여 있었으며, 구석에는 철제 난로가 거무스름하게 보였다. 변호사의 방으로 통하는 문은 봉인된 상태 그대로였다.

성냥불이 꺼지자 은행가는 흥분해서 몸을 떨며 작은 창문으로 방 안을 들여다보았다.

방 안에서는 촛불이 어슴푸레하게 타고 있었고, 변호사는 책상 앞에 앉아 있었다. 그의 등과 머리카락과 팔이 겨우 보일 뿐이었다. 펼쳐 놓은 책들이 두 개의 안락의자와 양탄자, 그리고 책상 위와 그 주변에 흩어져 있었다.

5분이 지났지만 변호사는 몸 한 번 뒤척이지 않았다. 15년의 감금 생활이 그에게 꼼짝하지 않고 앉아 있는 방법을 가르쳐 준 것이었다. 은행가가 손가락으로 창문을 똑똑 두드렸지만, 변호사는 대답은커녕 미동도 하지 않았다. 은행가는 조심스럽게 문에서 봉인을 뜯어내고 열쇠 구멍에 열쇠를 집어넣었다. 녹슨 자물쇠는 쉰 소리를 냈고 문은 삐걱거렸다. 은행가는 곧 깜짝 놀라 내지르는 비명과 허둥대는 발소리를 듣게 되리라고 생각했지만, 3분쯤 지났는데도 문 안쪽은 그저 조용할 뿐이었다. 그는 방 안에 들어가기로 작정했다.

책상 앞에는 여느 인간과는 다른 한 남자가 꼼짝 않고 앉아 있었다. 그것은 살가죽을 입혀 놓고 치렁치렁한 곱슬머리와 덥수룩한 턱수염을 붙여 놓은 해골이었다. 그의 얼굴은 흙빛처럼 누르스름한 색깔이었고, 양 볼은 움푹 꺼져 있었으며, 등은 길고 좁았다. 더부룩한 머리를 받치고 있는 팔은 어찌나 가냘프고 앙상한지 보기에도 섬뜩했다. 그의 머리카락 사이로 새치가 드문드문 보였다. 노인처럼 쇠약해진 얼굴을 보면, 그가 마흔 살밖에 안 됐다는 사실을 믿을 수 없을 정도였다. 그는 자고 있었다. 책

---

• 내화 | 불에 타지 않고 잘 견딤.

상 위에는 종이 한 장이 놓여 있었고, 거기에 자잘한 글씨로 무언가가 씌어 있었다.

'불쌍한 사람 같으니!'

은행가는 생각했다.

'자고 있구나. 아마도 꿈속에서 수백만 루블을 보고 있겠지! 나는 그저 이 산송장을 들어서 침대에 던져 놓고, 베개로 눌러 가볍게 질식시키면 되는 거야. 아무리 뛰어난 전문가일지라도 범인을 찾아내지는 못할 거야. 자, 그 전에 이자가 여기에 뭐라고 썼는지 읽어 봐야겠군.'

은행가는 책상에서 종이를 집어 들고 읽어 내려갔다.


내일 낮 12시에 나는 자유를 얻고 사람들과 교류할 권리를 갖게 된다. 하지만 이 방을 떠나 햇빛을 보기에 앞서, 나는 당신들에게 몇 마디 해 줄 필요를 느낀다. 깨끗한 양심에 따라, 그리고 나를 바라보는 신 앞에서 나는 자유와 생명, 건강, 그리고 당신들의 책 속에서 지상의 축복이라고 불리는 모든 것들을 경멸한다고 단언하는 바이다.

15년 동안 나는 지상의 삶을 빈틈없이 연구했다. 내가 그동안 바깥 세상이나 사람들을 못 본 것은 사실이다. 하지만 나는 당신들의 책 속에서 향기로운 술을 마시고 노래를 불렀으며 숲 속에서 사슴과 멧돼지를 잡으러 돌아다니기도 했고 여인을 사랑하기도 했다. 천재 시인들의 마법으로 창조된, 구름처럼 하늘거리는 미녀들이 밤마다 나를 찾아와 신비로운 이야기를 속삭여 주었고, 나의 머릿속은 그 이야기에 흠

빽 취하곤 했다. 당신들의 책 속에서 나는 엘브루스 산과 몽블랑 산의 정상에 올랐으며 거기에서 아침마다 태양이 떠오르고 저녁이면 그 태양이 하늘과 바다와 산 정상을 발그레한 황금빛으로 물들이는 것을 보았다. 또한 내 머리 위로 먹구름을 가르며 번뜩이는 번개를 보았다. 나는 푸른 숲과 들판, 강과 호수와 도시들을 보았으며 세이렌의 노래와 목동들의 피리 소리를 들었다. 또 나에게로 날아온 아름다운 악마들과 함께 신에 관한 이야기를 나누었으며 그들의 날개를 만져 보기도 했다. 당신들의 책 속에서 나는 바닥 모를 깊은 구렁텅이에 몸을 내던지기도 했으며 기적을 창조하고 살인을 하고 도시를 불태우고 새로운 종교를 설파하고 헤아릴 수 없이 많은 왕국을 정복하기도 했다.

당신들의 책은 나에게 지혜를 주었다. 지칠 줄 모르는 인간의 사고가 몇 세기에 걸쳐 창조해 낸 모든 것들이 나의 머릿속에 자그마한 언덕처럼 쌓여 갔다. 나는 내가 당신들 중 어느 누구보다도 현명하다는 것을 알고 있다.

하지만 나는 당신들의 책을 경멸하며, 이 세상의 모든 행복과 지혜를 경멸한다. 모든 게 시시하고 무상˚하며 신기루˚처럼 허망하고 기만적˚인 것이다. 당신들이 아무리 오만하고 현명하고 아름답다고 해도, 죽음은 당신들을 지하실의 쥐새끼들처럼 지상에서 쓸어버릴 것이

---

• 무상 | 헛되고 덧없는 것.
• 신기루 | 공중이나 땅 위에 무엇이 있는 것처럼 보이는 현상.
• 기만적 | 남을 속여 넘기는 것.

다. 그리고 당신들의 자손과 역사, 천재들의 불후의 명성 역시 꽁꽁 얼어붙어 버리거나 지구와 함께 불타 없어질 것이다.

당신들은 분별력을 잃고 잘못된 길로 가고 있다. 당신들은 거짓을 진실로, 추악한 것을 아름다운 것으로 받아들이고 있다. 만일 사과나무나 오렌지나무에 무슨 일이 생겨 열매 대신에 개구리나 도마뱀이 열리게 된다면, 혹은 장미꽃이 말의 땀 냄새를 풍기게 된다면, 당신들은 놀라지 않을 수 없을 것이다. 마찬가지로, 나는 하늘을 땅으로 바꾸어 버린 당신들에게 놀라지 않을 수 없다. 나는 당신들을 이해하고 싶지 않다.

이제 나는 당신들의 삶의 방식에 대한 경멸을 표현하기 위해, 내가 한때 천국을 꿈꾸듯 갈망했으나 이제는 경멸해 마지않는 200만 루블을 거부하고자 한다. 그 돈에 대한 나의 권리를 스스로 박탈하기 위해, 나는 계약 기한이 끝나기 다섯 시간 전에 여기에서 나감으로써 스스로 계약을 위반할 것이다.

이것을 다 읽은 은행가는 책상 위에 종이를 내려놓았다. 그리고 이 별난 사람의 머리에 입을 맞춘 뒤에, 눈물을 흘리며 바깥으로 나왔다. 그는 이 순간에 그동안 한 번도 느껴 보지 못한, 심지어 주식 투기에서 거액을 날린 후에도 느껴 보지 못한 극심한 자기혐오를 느꼈다. 그는 집으로 돌아와 침대에 누웠지만 흥분과 눈물 때문에 오랫동안 잠을 이룰 수 없었다.

다음 날 아침, 얼굴이 파랗게 질린 경비원이 뛰어와 그에게 보고했다. 바깥채에 살던 남자가 창문을 통해 정원으로 나와 대문을 나서더니, 어디론가 사라지는 것을 보았다는 이야기였다. 은행가는 하인들과 함께 곧바로 바깥채로 가서 변호사의 탈옥 사실을 확인했다. 그는 불필요한 소문이 나지 않도록, 책상 위에서 포기 의사를 담은 종이를 집어 들고 자기 방으로 가져와 내화 금고 속에 넣고 문을 잠갔다.

1 사형과 종신형에 대한 변호사와 은행가의 입장은 각각 무엇이었
  으며, 이에 대한 여러분의 생각은 어떠한가요?


2 15년간 변호사는 어떤 일들을 했나요?


3 변호사는 왜 계약 기한을 다섯 시간 남기고 200만 루블이라는
  거금을 포기하고 떠났을까요?

**변호사의 말**　　"5년이 아니라 15년 동안 들어가 있겠다는 조건으로 내기에 응하겠소."라고 했던 말은 은행가의 자존심을 건드리기에 충분했다. 그리하여 이 기이하고도 치기 어린 내기가 이루어졌다. 나는 내 인생을 한 방에 바꿀 수 있는 거금 200만 루블이 필요했다. 처음 5년간은 자발적으로 선택한 감금이 강제적인 감금보다 훨씬 더 힘들다는 것을 깨닫는 시간이었다. 그렇지만 6년째부터는 언어, 철학, 역사, 종교 등의 책 속에서 마음의 평안을 찾았다. 책을 읽는 순간만큼은 갇혀 있다는 사실조차도 잊을 수 있었다. 내일이면 나는 세상으로 나간다. 하지만 책 속의 지혜를 공허한 메아리로 만드는 세상이 경멸스러울 뿐이다. 이러한 생각에 이르자, 천국을 꿈꾸듯 갈망했던 200만 루블도 더는 나를 붙잡지 못하였다.

**은행가의 말**　　그때 내가 증명하고 싶었던 것은 사형과 종신형 중 어느 것이 더 나은지가 아니었다. 단지 풋내기 변호사한테서 내 자존심과 명예를 지키고 싶었을 뿐이다. 처음 5년은 설마 하는 마음이었다. 하지만 그가 무서운 속도로 책을 읽어 대기 시작하자 불안해졌다. 그가 여섯 개의 언어에 능통해진 사이, 나는 매년 실패를 거듭하며 이류 은행가로 전락하였다. 이제 내일이면 약속한 15년이 된다. 그는 내 돈 200만 루블에다 높은 학식까지 얻게 되는 셈이다. 안 될 말이다. 내기를 뒤엎을 방법만 있다면 그 어떤 짓이라도 할 것이다.

　자! 한번 생각해 보자. 변호사와 은행가 중 누가 진정으로 갇힌 자인가? 15년 동안 마음의 감옥에서 불안에 떨며 고통의 시간을 보낸 자는 과연 누구인가?

# 음악가 야넥 Janko Muzykant

### 헨릭 시엔키에비츠 지음

### 최성은 옮김

**헨릭 시엔키에비츠** Henryk Sienkiewicz (1846~1916) ·····························

폴란드 동부 포들라지의 볼라 오크제이스카에서 태어나 바르샤바 의과대학에 입학했다가 문학부로 진로를 바꿨으며, 이후 기자와 칼럼니스트로 활약하였다. 폴란드가 러시아, 프로이센, 오스트리아 3국에 의해 분할 점령당했을 때, 조국 폴란드의 영광스러운 과거를 되새기는 역사소설을 집필하여 민족의 애국심과 독립 의지를 일깨웠다. 웅대한 스케일과 생동감 넘치는 묘사, 그리고 치밀한 구성과 전개로 '역사소설의 거장'이라 불리며, 1905년 노벨문학상을 수상하였다. 주요 작품으로 〈불과 검으로〉, 〈대홍수〉, 〈보위디옵스키 장군〉, 〈쿠오 바디스〉 등이 있다.

아이는 가냘프고 연약한 몸으로 이 세상에 왔다. 출산을 돕기 위해 침대 머리맡에 모여든 산모의 친구들은 산모와 아이를 내려다보며 고개를 절레절레 내저었다. 대장장이 시몬의 아내이자, 그중에서 가장 지혜롭다고 알려진 한 여인이 산모를 위로하기 위해 나섰다.

"자, 이제 너와 아기를 위해 촛불을 켜 줄게.* 잠시 후면 둘 다 이곳을 떠나 저세상으로 가겠구나. 이승에서 저지른 죄를 모두 용서받고 떠날 수 있게 신부님을 모셔 오라고 했어."

또 다른 여인이 입을 열었다.

"이런! 아무래도 아이에게 빨리 세례를 베풀어야겠는걸. 신부님이 오실 때까지 기다리다간 너무 늦을 거야. 영혼이 귀신이 되어 이승을 떠돌면 안 되잖아."

여인은 촛불에 불을 붙인 뒤, 아이를 번쩍 안아 올리고는 몸에 물을 뿌리기 시작했다. 차가운 물방울이 몸에 닿자 아이는 가까스로 눈을 반쯤 뜨더니 여인을 빤히 바라보았다.

"성부와 성자와 성령의 이름으로 세례를 베푸노니, 너에게 '얀' 이란 이름을 내리노라. 자, 기독교의 영혼아, 이제 네가 왔던 그곳으로 편안히 돌아갈지어다. 아멘."

하지만 기독교의 영혼은 불쌍한 육체를 내버린 채 왔던 곳으

---

* 폴란드에서는 임종을 앞둔 환자의 머리맡에 촛불을 밝히는 풍습이 있는데, 이는 고인이 저승으로 가는 길이 어둡지 않기를 바라는 마음에서 유래되었다고 한다. - 옮긴이 주

로 되돌아가고 싶지는 않았던 모양이었다. 영혼은 있는 힘을 다해 육신을 뒤흔들었고, 마침내 아이는 와락 울음을 터뜨렸다. 그 소리가 어찌나 미미하고 애처로웠던지, 여인들의 귀에는 어린 새끼 고양이의 울음소리와 구분이 되지 않을 정도였다.

그러는 사이 신부가 도착했고, 정식으로 세례를 베풀고 돌아 갔다. 다행스럽게도 산모의 상태는 차츰 호전되었고, 일주일 만에 다시 일터로 돌아갈 수 있었다. 아이는 간신히 숨을 몰아쉬었고 네 살이 되던 해 봄, 뻐꾸기 울음소리가 들려올 때까지* 목숨을 이어 나갔다. 이후에도 병약한 상태로 비실거렸지만 그럭저럭 열 살을 넘겼다.

아이는 언제나 비쩍 마른 몸에 새까맣게 그을린 얼굴을 하고 있었다. 배는 볼록 나왔고, 두 뺨은 푹 꺼져 있었으며, 헝클어진 더벅머리는 누리끼리한 빛깔이었다. 눈동자는 어디 머나먼 곳이라도 응시하듯 초점이 없었고, 늘 퀭한 상태였다. 겨울이면 화덕 뒤에서 웅크리고 지내다가 추위와 배고픔에 훌쩍대기 일쑤였다. 식량이 바닥나는 바람에 화덕이나 냄비가 텅 비어 있는 일이 많다 보니 온종일 굶는 날도 많았다. 여름이면 닳아 빠진 헝겊 조각으로 허리를 묶은 긴 셔츠에 짚으로 만든 모자를 쓰고 다녔는데, 그 모자는 정수리 부분에 구멍이 휑하니 뚫려 있어, 아마도 하늘을 나는 새가 위에서 내려다보았다면 아이의 머리 꼭대기가 훤히 보였을 것이다. 가난한 소작농이었던 어머니는 마치 낯선 지붕에 둥지를 튼 제비처럼 남의 농사일을 거들며 하루하루를 겨우 살아 나가는 처지였다. 그녀는 아들을 사랑한다고 하면서 아이를 부를 때마다 '별종'이라는 말을 입에 달고 살았다.

아이는 이미 여덟 살에 가축 돌보는 일을 시작했고, 오두막에 먹을 것이 다 떨어졌을 때는 혼자 숲으로 가서 야생 버섯을 캐오기도 했다. 아이가 숲에서 늑대에게 잡아먹히지 않은 것은 분명 신의 은총이었다.

아이는 아둔한 데다가 이해력이 부족했고, 여느 시골 아이들처럼 사람들과 이야기할 때마다 손가락을 빨고 있었다. 교육을 받는다는 것은 꿈도 꿀 수 없는 처지였으며, 노동에도 영 소질이 없었기에 어머니는 일찌감치 자식에 대한 기대를 포기했다. 하지만 아이가 딱 하나 욕심을 내는 일이 있었다. 그것은 바로 악기 연주였다. 대체 어디서 그런 재주를 갖게 되었을까. 걸음마를 떼고, 이제 막 뛰어다니기 시작할 무렵부터 아이는 주위의 모든 소리에서 음악을 느꼈고, 머릿속은 온통 음악으로 가득 차 있었다. 아이는 가축을 몰고 숲에 가거나 바구니를 들고 산딸기를 따러 갔다가도 빈손으로 돌아오기 일쑤였다. 그때마다 아이는 혀 짧은 소리로 이렇게 중얼거렸다.

"엄마! 숲 속에서 뭔가 연주하는 소리가 들렸어요. 아! 아!"

그럴 때마다 어머니의 반응은 한결같았다.

"연주라니 대체 무슨 소릴 지껄이는 게야? 자꾸 그러면 매 맞

---

• 예로부터 폴란드의 시골에서는 뻐꾸기가 울면 행운이 찾아온다고 믿었다. – 옮긴이 주

는다!"

아이의 귀에는 자신도 설명할 수 없는 멜로디가 종종 메아리치
곤 했다. 어머니 앞에서 다시는 그러지 않겠다고 울면서 약속했지
만, 소용없는 일이었다. 숲에만 가면 음악을 연주하는 소리가 들
려왔기 때문이었다. 소나무, 너도밤나무, 자작나무, 꾀꼬리…….
숲과 모든 생명체가 하나가 되어 다 함께 노래를 불렀다.

메아리도 어김없이 들려왔다. 들판에서는 쑥이 노래했고, 과수
원의 원두막에서는 벚꽃이 춤을 출 정도로 참새가 우렁차게 지
저귀었다. 저녁 무렵이면 아이는 귀를 쫑긋 세우고 시골 마을 곳
곳에서 울려 퍼지는 모든 소리에 하나하나 귀를 기울였다. 그럴
때면 마치 마을에서 음악회가 열리는 것처럼 느껴졌다. 밭에다
거름을 뿌리는 일을 맡기면, 아이의 귓가에는 어느 틈에 쇠스랑
을 부드럽게 스치고 지나가며 연주하는 바람의 노래가 들려왔다.

어느 날엔가는 더벅머리를 헝클어뜨린 채 밭 한가운데 꼼짝
않고 서서 바람이 나무로 만든 갈퀴를 어루만지는 소리에 귀를
기울이는 모습이 감독관의 눈에 띈 적도 있었다. 감독관은 버릇
을 고쳐 놓겠다며 가죽 허리띠를 풀어 아이에게 매질을 해 댔다.
하지만 아무 소용도 없었다.

사람들은 아이를 '음악가 야넥'*이라고 불렀다. 봄이 되면 집
에서 몰래 빠져나와 졸졸졸 풀피리 소리를 내며 흐르는 실개천
주변을 서성거렸다. 밤이 되어 개구리가 개굴거리고, 뜸부기가
뜸북거리고, 해오라기가 이슬 맺힌 풀숲에서 찍찍거리고, 수탉

이 뒷마당에서 꼬꼬댁거리기 시작하면, 아이는 도저히 잠을 이룰 수가 없어 귀를 쫑긋 세웠다. 오로지 신만이 아이의 귓가에 울려 퍼지는 음악 소리를 이해할 수 있었다. 어머니는 아이를 교회에 데려갈 수 없었다. 웅장한 오르간 소리와 성가대의 달콤한 노랫소리를 듣는 순간 아이는 넋을 잃었고, 아이의 눈망울은 마치 딴 세상을 바라보는 것 같았고, 뿌연 안개가 서리듯 흐려졌기 때문이었다.

마을에는 밤마다 돌아다니며 당직을 서는 파수꾼이 있었다. 그는 한밤중에 밀려오는 잠을 쫓기 위해 밤하늘의 별을 세거나 개에게 말을 걸곤 했는데, 그때마다 어둠 속에서 선술집을 향해 달려가는 야녜의 흰 셔츠 자락을 보았다. 사실 아이의 목적지는 선술집이 아니라 그 처마 밑이었다. 그곳에서 아이는 벽에다 몸을 바짝 붙이고는 안에서 들려오는 소리에 귀를 기울였다. 한 무리의 사람들이 오베르타스* 춤을 추기 시작하면, 소작농 가운데 한 명이 "유후!" 하며 흥겨운 추임새를 넣었다. 이어 마룻바닥을 두드리는 경쾌한 구두 굽 소리와 젊은 여인들의 함성이 떠들썩하게 들려왔다. "뭘 원하죠?" 그러면 바이올린의 선율이 합창을 하듯 이렇게 노래하는 것이었다. "우리 먹고 마시고 신나게 노는 거예요!" 콘트라베이스는 굵고 장중한 음성으로 맞장구를 쳤다.

---

* 야녜(Janek)은 얀(Jan)의 축약형으로 성년이 될 때까지 애칭으로 불린다. - 옮긴이 주
* 오베르타스 | 폴란드의 전통적인 민속춤.

"신이 허락하셨습니다! 신이 허락하셨다고요!" 창문 너머로 먼동이 훤히 밝아 올 때까지 선술집의 대들보는 들썩거렸고, 선술집 안은 노래와 연주 소리로 가득했다. 야넥은 그 자리에 꼼짝 않고 서서 선술집 안에서 들려오는 음악 소리를 하염없이 듣고 또 들었다.

야넥은 정말 무슨 일이든지 다 할 수 있을 것만 같았다. 섬세하고 정교한 음성으로 "우리 먹고 마시고 신나게 놀자구요!"라고 노래하는 저 바이올린을 가질 수만 있다면, 저 노래하는 나무판자를 손에 넣을 수만 있다면 말이다. 하지만 그것을 어디서 구한단 말인가. 야넥은 생각했다.

'저런 악기를 만드는 곳은 어디 있는 걸까? 아니, 한 번만이라도 좋으니 그저 만져 볼 수만 있다면! 어디에 가면 구할 수 있지?'

현실에서 그가 할 수 있는 일은 고작 열심히 귀 기울여 듣는 것뿐이었다. 그마저도 어둠 속에서 보초병이 다가와 "이 말썽꾸러기야, 어서 집에 가지 못하겠니?"라고 소리치면 허무하게 사라져 버리는 짧은 행복에 불과했다.

그때마다 야넥은 어쩔 수 없이 맨발로 집으로 달려가야만 했다. 그런 그의 뒤로는 언제나 바이올린 선율이 쫓아왔다. "우리 먹고 마시고 신나게 놀자고요!" 콘트라베이스의 엄숙한 음성도 뒤따라왔다. "신이 허락하셨습니다! 신이 허락하셨다고요!"

추수감사절이나 결혼 피로연에서 바이올린 연주를 들을 수 있는 날은 야넥에게 흥겨운 축제가 열리는 날이었다. 연주가 끝나면 야넥은 곧장 집으로 달려가, 어둠 속에서 두 눈을 빛내며 웅크리고 있는 고양이처럼 화덕 뒤에 쭈그리고 앉아 몇 날 며칠을 아무 말도 하지 않았다.

마침내 야넥은 지붕의 널빤지에다 말 꼬리에서 뽑은 털을 동여매어 손수 바이올린을 만들었다. 하지만 선술집 안에서 들려오던 그 아름다운 소리가 나기는커녕 삐걱삐걱 괴상한 소리만 났다. 그나마도 소리가 너무 작아 마치 날파리나 모기가 윙윙대는 것처럼 들렸다. 그래도 야넥은 아침부터 밤까지 그 엉터리 바이올린을 손에서 놓지 않고 계속 연주했다. 그 대가로 그에게 돌아오는 것은 매질뿐이었고, 그의 몸은 껍질이 벗겨지고 멍이 잔뜩 든 설익은 사과 같은 꼴이 되었다. 그렇지만 그건 어쩔 수 없는 야넥의 타고난 천성이자 본능이었다.

야넥은 갈수록 여위어만 갔다. 볼록하게 튀어나온 배와 까치집처럼 뒤엉킨 머리카락도 여전했다. 눈동자는 점점 커져만 갔고, 눈가에는 늘 눈물이 맺혀 있었다. 푹 꺼진 두 뺨과 야윈 가슴은 갈수록 그 정도가 심해졌다.

야넥의 모습과 몸집은 여느 평범한 아이들과는 현격한 차이를 보였다. 삐쩍 마른 몸은 가까스로 삐걱대는 자신의 널빤지 바이올린과 꼭 닮아 있었다. 이른 봄 춘궁기*가 되자 야넥은 혹독한 배고픔에 시달려야만 했다. 그나마 야넥이 살아갈 수 있었던 것

---

* 춘궁기 | 옛날에 아직 햇곡식이 나오지 않아 먹을 것이 없던 봄철을 이르던 말.

은 말린 홍당무 쪼가리와 바이올린을 갖고 싶다는 희망이 있기 때문이었다. 하지만 그 희망은 결국 야넥에게 행복한 결말을 가져다주지 못했다.

영주의 저택 부엌방에는 바이올린을 가진 하인이 살고 있었다. 그 하인은 땅거미가 질 무렵이면 자기가 좋아하는 하녀를 위해 종종 바이올린을 연주했다. 야넥은 저택 정원에 우거져 있는 우엉 덤불을 헤치고 살그머니 기어가서 부엌방 창문 너머로 두 사람의 모습을 몰래 훔쳐보곤 했다. 그들을 바라보는 야넥의 두 눈에는 온 영혼이 담겨 있었다. 야넥에게는 창문 너머의 풍경이 감히 만지거나 탐낼 수도 없는 거룩한 세상으로, 아니면 무척이나 소중하고 애틋한 연인처럼 여겨졌다. 마침내 야넥은 그것을 바라고 탐하게 되었다.

'단 한 번만이라도 좋으니 내 손으로 만져 보고 싶다. 아니 이 두 눈으로 가까이에서 보고 싶다.'

이런 생각만으로도 야넥의 가슴은 두근거렸다.

어느 날 밤이었다. 영주 부부가 꽤 오래전부터 외국에 머물러 저택은 텅 비어 있었다. 하인은 반대편에 있는, 방 청소를 담당하는 하녀의 방에 있었다. 야넥은 오랜 시간 우엉 덤불 사이에 몸을 숨긴 채 활짝 열린 문 저편에 놓여 있는 목표물, 자신이 그토록 갈망하는 보물을 뚫어져라 쳐다보고 있었다. 하늘에 떠 있는 보름달이 창문을 통해 부엌방에 비스듬히 달빛을 드리웠고, 그 목표물은 반대편 벽에 큼직한 그림자를 만들어 냈다. 순간 그

보물과도 같은 물건에서 은색 빛줄기가 어둠을 가르며 찬란히 쏟아져 나오는 것이었다. 특히 앞으로 돌출된 굴곡 부분은 너무도 선명한 빛을 내뿜고 있어 똑바로 쳐다볼 수조차 없을 정도였다. 눈부시게 빛나는 광채 속에 보이는 모든 것이 완벽 그 자체였다. 잘록하게 깎아 낸 모서리, 곡선미를 자랑하는 손잡이, 거기에 모든 줄감개*들은 반딧불처럼 반짝거렸고, 은빛 지팡이처럼 생긴 활이 그것 옆에 가지런히 놓여 있었다.

야녝에게는 모든 것이 마법처럼 황홀했다. 그의 눈동자는 점점 더 탐욕스럽게 바뀌어 갔다. 그는 우엉 덤불 속에 쪼그리고 앉아 입을 헤벌린 채 그것을 바라보고 또 바라보았다. 한편으로는 두려움이 그를 붙잡았지만, 또 한편으로는 억누를 길 없는 욕심이 그를 자꾸만 앞으로 떠밀었다. 마법의 주문에라도 걸린 것일까. 야녝에게는 바이올린이 환한 빛줄기 속에서 자신을 향해 조금씩 다가오는 것처럼 느껴졌다. 바이올린의 영상이 일순간 희미하게 흐려지며 멀어졌다가는 이내 더욱 찬란한 광채를 내뿜으며 또렷하게 다가왔다. 이것은 마법이었다. 틀림없는 마법이었다! 순간 바람이 몰아치면서 나무가 윙윙대기 시작했다. 우엉 덤불도 덩달아 살랑살랑 소리를 냈다. 야녝의 귓가에는 그들의 음성이 선명하게 들려왔다.

"어서 가, 야녝! 지금 부엌방에는 아무도 없어. 서둘러, 야녝!"

* 줄감개 | 철사나 밧줄, 현악기의 줄 따위를 감거나 푸는 기구.

보름밤은 밝고 환했다. 저택의 정원에 있는 연못에서 밤꾀꼬리가 노래를 불렀다. 밤꾀꼬리의 노랫소리는 점점 커져만 갔다.

"어서 가, 야넥! 얼른 가서 가지고 나와!"

그때 이름 모를 밤새 한 마리가 날아와 야넥의 머리 위에서 걱정스럽다는 듯 빙글빙글 돌면서 조용히 소리쳤다.

"야넥, 안 돼! 안 돼!"

하지만 결국 얼마 지나지 않아 밤새는 어디론가 날아가 버리고, 밤꾀꼬리만이 야넥의 곁에 남았다. 우엉 덤불이 더욱더 큰소리로 으르렁거렸다.

"저기에는 지금 아무도 없어!"

바이올린이 다시 한 번 광채를 뿜었다.

몸을 웅크리고 있던 작고 가여운 아이는 조금씩 앞으로 나아가기 시작했다. 밤꾀꼬리가 소리를 죽인 채 속삭였다.

"어서 가, 야넥! 얼른 가서 가지고 나와!"

어둠 속에서 새하얀 셔츠 자락이 깜빡깜빡 빛을 내며 부엌방 문을 향해 조금씩 다가가고 있었다. 검은 우엉 덤불도 더 이상 소년의 몸집을 가려 주지는 못했다. 부엌방 문턱에 섰을 때 소년의 병약한 심장에서는 거친 숨소리가 들렸다. 어느 틈엔가 하얀 셔츠 자락이 문 안쪽으로 사라졌고, 한쪽 발만이 문턱을 넘지 못하고 있었다. 밤새가 다시 한 번 날아와 외쳤다.

"안 돼! 안 돼!"

하지만 이미 몸은 부엌방 안으로 들어서고 말았다.

순간 정원의 연못에서 개구리가 겁에 질린 듯 갑자기 큰 소리로 울어 댔다. 그것도 잠시, 곧 잠잠해졌다. 밤꾀꼬리의 속삭임도, 우엉 덤불의 살랑거림도 모두 멈췄다. 방 안에 들어선 야넥은 최대한 조심스럽게 살금살금 기어갔다. 순간 두려움이 밀려왔다. 예전에는 우엉 덤불 속에 있으면 마치 수풀 속에 몸을 숨긴 야생동물처럼 편안했지만, 지금 이곳에서는 스스로가 마치 덫에 걸린 짐승처럼 여겨졌다. 당황한 야넥은 동작이 거칠어졌고 숨도 가빠졌다. 게다가 사방은 칠흑처럼 어두웠다. 동쪽과 서쪽 하늘 사이에서 한여름의 마른번개가 조용히 번쩍이면서 부엌방의 내부를 다시 한 번 훤히 밝혔다. 순간 네발로 엎드린 채 바이올린을 향해 고개를 번쩍 쳐들고 있는 야넥의 모습이 보였다. 하지만 번개는 금세 잦아들었고, 구름이 달빛을 가리는 바람에 아무것도 보이지 않고 아무 소리도 들리지 않게 되었다.

잠시 후 어둠 속에서 흐느끼는 듯한 가느다란 소리가 새어 나왔다. 그 소리는 마치 조율이 안 된 바이올린 선율 같았다. 바로 그때였다. 부엌방 구석에서 졸음이 가득한 굵은 저음이 들려왔다.

"거기 누구요?"

야넥은 얼른 숨을 죽였지만 굵은 목소리는 다시 한 번 물었다.

"거기 누구요?"

벽 쪽에서 성냥불이 번쩍하더니 금세 사방이 밝아졌다.

"이럴 수가!"

곧이어 욕설과 매질하는 소리, 어린아이의 울음소리가 들려왔다. 개들이 한꺼번에 짖기 시작했고, 유리창 너머로 누군가가 등불을 들고 이리저리 분주하게 움직이는 게 보였다. 그야말로 온 저택이 한바탕 소동에 휩싸였다.

다음 날 가여운 야넥은 이장이 주관하는 마을 재판에 서게 되었다.

야넥은 절도죄로 재판을 받게 된 것이었다. 이장과 의원들은 영문도 모른 채 입에 손가락을 물고서 두려움이 가득한 눈으로 뚫어져라 자신들을 바라보는 작고 야윈 소년, 잔뜩 굶주린 데다 매질을 당해 기진맥진해 있는 불쌍한 소년을 찬찬히 쳐다보았다. 이제 겨우 열 살에다 깡마른 두 다리로 간신히 버티고 서 있는 저 가엾은 아이에게 어떤 판결을 내려야 할까? 감옥으로 보내야 하나? 하지만 아이들에게는 어느 정도 자비를 베풀어 줄 필요가 있는 법이다. 판결은 파수꾼에게 아이를 데려가 매질을 하게 하는 걸로 내려졌다. 다음번에는 절대로 남의 물건에 손을 대지 않도록 말이다.

그들은 파수꾼 스타흐를 불렀다.

"아이를 데려가서 다음번엔 이런 일이 일어나지 않도록 매질을 하시오."

스타흐는 어리석고 아둔한 머리를 끄덕이고는 야넥의 겨드랑이에 손을 넣어 마치 고양이를 끌고 가듯 헛간으로 질질 끌고 갔다. 야넥은 대체 무슨 일이 벌어지고 있는지, 이것이 얼마나 무서운 일인지 전혀 알지 못했기에, 마치 새를 바라보듯 아무 말없이 눈만 깜빡이고 있었다. 세상 물정 모르는 야넥으로서는 사태 파악을 못하는 것이 오히려 당연한 일이었다. 스타흐는 헛간에서 두 손으로 아이의 멱살을 움켜쥐더니 땅에 엎드리게 한 뒤엉덩이를 걷어 올렸다. 그러고는 머리 위까지 팔을 번쩍 들어 올려 손으로 엉덩이를 내리치기 시작했다. 그제야 비로소 야넥은 소리를 질렀다.

"엄마!"

맞을 때마다 야넥의 비명이 들려왔다.

"엄마! 엄마!"

하지만 그 소리는 점점 약해져만 갔다. 결국 얼마 지나지 않아 엄마를 찾는 야넥의 목소리는 잠잠해졌다.

야넥은 부서진 바이올린처럼 만신창이가 되었다.

어리석은 스타흐! 어린아이에게 그렇게 매질을 해 대는 경우가 어디 있단 말인가. 가뜩이나 덩치가 작고 연약한 데다 지금까지 간신히 목숨을 부지하며 살아온 야넥이 아니었던가.

모든 것이 끝난 뒤 어머니가 와서 야넥을 집으로 데려갔다. 야넥은 다음 날까지 깨어나지 않았다. 사흘째 되는 날 저녁, 거친 마포로 만든 담요를 덮은 궤짝 위에서 야넥은 조용히 숨을 거두었다.

오두막을 둘러싼 담장 아래 벚나무에서 제비가 울어 대고 있었다. 햇살이 유리창으로 스며 들어와 야넥의 헝클어진 머리카락과 핏기 하나 없이 창백한 두 뺨을 비추었다. 그 빛은 마치 작은 영혼이 무사히 세상을 떠날 수 있도록 밝혀 주는 친절한 등불 같았다. 생전에 아이의 삶은 늘 어두운 그늘의 연속이었기에 죽음의 순간만이라도 넓고 환한 길로 떠날 수 있다는 건 그나마 다행이었다. 바로 그때였다. 뼈만 앙상하게 남은 아이의 심장이 다시 한 번 뛰기 시작했다. 아이의 표정은 마치 열린 창문을 통해 들어오는 자연의 온갖 메아리에 귀를 기울이는 듯했다. 때는 저녁 무렵이었다. 그 소리는 필경 목초지에서 돌아오는 가축들의 노래였다.

"푸른 초원에 갔었다네!"

실개천은 졸졸졸 풀피리 소리를 냈다. 시골 마을이 들려주는 마지막 연주가 아이의 귓가를 두드렸다. 거친 마포 담요 위, 야녁의 머리맡에는 널빤지로 만든 엉터리 바이올린이 놓여 있었다.

죽어 가던 아이의 얼굴에 갑자기 광채가 서리는가 싶더니 창백한 입술 사이로 속삭이는 소리가 새어 나왔다.

"엄마?"

"그래, 아들아?"

어머니는 눈물에 목이 메어 간신히 대답했다.

"엄마, 천국에 가면 하느님이 내게 진짜 바이올린을 주실까요?"

"물론이지, 아들아! 주시고말고!"

어머니는 메마른 가슴에서 애달픈 회한이 솟구쳐 올라 더 이상 말을 잇지 못했다.

"이럴 수가, 이럴 수가!"

어머니는 신음 소리를 내며 궤짝에 얼굴을 묻은 채 울음을 터뜨렸다. 그녀는 사랑하는 사람을 죽음에서 구해 낼 수 없다는 사실을 이제야 실감한 듯 이성을 잃은 사람처럼 흐느꼈다.

간신히 고개를 들어 아이를 바라보았을 때, 어린 연주가의 눈동자는 반쯤 열린 채 고정된 상태였고, 얼굴은 이미 흙빛이 되어 굳어 있었다. 햇살도 어느새 사라지고 없었다.

"편히 쉬려무나, 야녁!"

다음 날 영주 부부가 아들과 아들의 약혼녀를 데리고 이탈리아에서 돌아왔다.

"Quel beau pays que l'Italie(이탈리아는 무척이나 아름다운 나라예요)."•

청년이 입을 열었다.

"정말 예술적인 민족이죠. On est heureux de chercher la-bas des talents et de les proteger(그곳에서는 남다른 예술적 감각을 가진 사람이 그 재능을 잘 키워 나가는 것을 아주 큰 행복으로 여긴답니다)."

약혼녀가 대꾸했다.

야녁의 무덤가에서는 자작나무가 바람결에 윙윙대고 있었다.

---

• 당시 폴란드에서는 귀족들 사이에 프랑스어로 이야기하는 것이 유행이었다. – 옮긴이 주

1 야녜의 꿈은 무엇이었으며 어떻게 좌절되었나요?


2 야녜의 일대기를 정리해 보세요.


  • 출생/집안 :


  • 어린 시절 :


  • 고난 :


  • 죽음 :


3 마지막 부분에 나오는 영주 가족의 대화를 통해 작가가 독자에게
  전달하려는 것은 무엇인가요?

이 소설에는 아름다운 선율이 흐른다. 숲과 시골 마을, 그리고 모든 생명체가 노래를 한다. 그리고 한 아이가 있다. 소나무, 너도밤나무, 자작나무, 꾀꼬리……. 숲과 모든 생명체가 하나가 되어 부르는 노래를 듣는 아이, 시골 마을의 생명체들이 내는 소리에 귀 기울이는 아이, 바이올린을 사랑하여 혼자 만든 엉터리 바이올린으로 아침부터 저녁까지 연습하는 아이, 음악을 사랑하는 대가로 매질만 당하면서도 음악만을 열망한 아이, 그런 야넥은 천부적 재능과 열정을 겸비한 음악 천재다.

야넥이 재능을 활짝 꽃피울 수 있었다면 더할 나위 없이 행복한 삶을 살 수 있었을 것이며, 음악사에도 크게 기여할 수 있었을 것이다. 그러나 그는 너무 가난했고, 그의 재능을 알아주고 지지해 주는 사람이 아무도 없었다. 야넥이 목숨처럼 소중히 간직했던 꿈은 결국 그를 비참히 죽게 만들었을 뿐이다.

한번 생각해 본다. 야넥이 음악가로 성공하려면 어떤 조건이 필요했을까. 부모가 그의 재능을 인정하고 키워 주었으면, 생활에 조금 더 여유가 있었으면, 주변 사람들이 그를 잘 이해하고 배려해 주는 아량이 있었으면 그의 삶이 달라지지 않았을까?

그러나 작가는 사람들의 자질이나 이해심보다 더 중요한 문제를 제기하고 있다. 마지막 부분에 나오는 영주 가족의 대화를 보자. 작가는 그들의 우아하고 한가한 대화를 통해 고통받는 소외 계층의 처지를 대조적으로 드러내고자 한다. 즉, 남다른 예술적 감각을 가진 사람의 재능을 키워 줄 수 없었던 그 당시 서민들의 현실을 말해 주고 있는 것이다.

# 정부의 친구 Ein Freund der Regierung

## 지그프리트 렌츠 지음

### 허영재 옮김

**지그프리트 렌츠** Siegfried Lenz (1926~2014) ·······················································

동프로이센의 뤼크(현재 폴란드의 엘크)에서 태어나 1943년 해군에 징집되어 제2차 세계대
전에 참전하였다. 그 후 전쟁이 끝날 무렵 독일군에서 탈영하여 영국군의 통역으로 일
했다. 제대 후 함부르크대학에서 철학, 영문학 등을 공부하였으며, 신문사 기자로도 활
동하였다. 1951년 첫 소설 〈하늘에 매가 있었다〉를 발표했고, 그 고료로 케냐를 여행하
였다. 이때 케냐의 독립운동인 '마우-마우 운동'에 깊은 감명을 받았고, 후에 이 경험을
반영한 소설들을 썼다. 대표작으로 〈독일어 시간〉이 있으며, 의무와 양심에 대한 독일
인의 독특한 심성을 잘 그려 낸 작품이라는 평을 받았다.

어느 주말 그들은 기자들을 초대했다. 정부가 얼마나 많은 지지자를 확보하고 있는지를 현장에서 직접 보여 주겠다고 했다. 소요* 지역과 관련해 알려진 많은 것들, 예컨대 고문, 가난, 무엇보다 독립에 대한 격렬한 요구가 사실이 아니라는 걸 우리에게 증명하려고 했다. 그들은 정중하게 우리를 초대했다.

무척이나 공손해 보이고 나무랄 데 없이 잘 차려입은 공무원이 오페라 극장 뒤편에서 우리를 맞이했다. 그는 우리를 정부에서 제공한 버스로 안내했다. 새 차에서 나는 칠 냄새와 가죽 냄새가 채 가시지 않은 신형 버스였다. 라디오에서는 음악이 나지막하게 흘러나왔다. 버스가 움직이기 시작하자 그 공무원은 보관함에서 마이크를 꺼내 손톱으로 은색 덮개 철망을 긁어 소리가 잘 나오는지 확인했다. 그런 다음 부드러운 목소리로 다시 한 번 환영 인사를 했다. 그는 겸손한 태도로 자신의 이름을 소개했다.

"가렉이라고 합니다."

그러고는 수도의 명승지 곳곳을 가리키며 설명해 주었고, 공원의 이름과 숫자를 소개했다. 그는 또 아침 햇살을 받아 눈부시게 빛나는 석회석 언덕 위에 자리 잡은 시범 정착촌의 건축 방식에 대해 설명했다.

길은 도시 외곽에서 두 갈래로 갈라졌다. 우리가 탄 버스는 해

---

* 소요 | 여러 사람이 모여 폭행이나 협박 또는 파괴 행위를 함으로써 공공질서를 문란하게 함.

안 지역을 벗어나 내륙 쪽으로 향했다. 버스는 좁은 골짜기를 달렸다. 이윽고 골짜기 아래, 바닥이 다 말라 버린 강 위를 지나는 다리에 이르렀다. 다리 들머리에는 젊은 군인이 한 명 서 있었다. 휴대용 자동 소총을 분방*하게 메고 있던 그는 우리가 자신의 옆을 지나 다리 위로 다가가자 우리를 향해 손을 흔들었다. 하얗게 씻긴 조약돌 사이에 놓인, 바싹 말라 버린 강바닥 위에도 두 명의 젊은 군인이 서 있었다. 그때 가렉이 대단히 유명한 군사훈련 지역을 통과하고 있다고 말했다.

꼬불꼬불한 산길을 오르고 뜨거운 들판을 지났다. 그러자 열린 창문으로 미세한 석회 먼지가 들어와 눈이 타는 듯 따가웠다. 석회 맛이 입술에 느껴졌다. 우리는 양복 상의를 벗었다. 가렉만 혼자 양복 윗도리를 입고 있었다. 그는 여전히 마이크를 든 채 부드러운 목소리로 정부에 있는 그들이 이 죽음의 땅을 위해 작성하였다는 개발 계획에 대해 설명했다. 내 옆자리에 앉은 남자가 눈을 감고 머리를 뒤로 기댔다. 그의 입술은 말라 있었고 석회처럼 창백했다. 그리고 니켈 도금이 된 금속 손잡이 위에 놓여 있는 양손의 정맥이 푸르스름하게 불거져 나와 있었다. 몇 번인가 가렉의 우울한 시선이 백미러를 통해 우리 쪽을 향했기 때문에 나는 그의 옆구리를 치려고 했다. 하지만 내가 망설이는 동안 가렉이 자리에서 일어나 미소를 지어 보이며 다가왔다. 그는 좁은 통로를 지나 뒤쪽으로 와서는 종이 팩에 든 차가운 음료수와 빨대를 나누어 주었다.

정오쯤 우리는 한 마을을 통과했다. 창문은 상자용 목재로 못 질되어 있었다. 마른 나뭇가지로 만든, 구멍이 숭숭 난 초라한 울타리는 평원에서 불어오는 바람에 이리저리 흔들렸다. 평평한 지붕 위에는 빨래 하나 널려 있지 않았고, 우물의 덮개는 벗겨져 있었다. 개 짖는 소리도 들을 수 없었고, 그 어디에서도 사람의 모습을 찾을 수 없었다. 버스는 석회 먼지로 덮인 회색빛 깃발을 나부끼면서 그 마을을 지나쳐 갔다. 그것은 체념의 회색이었다.

다시 가렉이 좁은 통로를 지나 뒤쪽으로 와서는 샌드위치를 나누어 주었다. 그는 우리에게 활기를 불어넣어 주며 목적지에 도달하기까지 그리 오래 걸리지 않을 거라고 점잖게 말했다. 땅은 구릉* 지형이었고 녹이 슨 것처럼 붉은색을 띠었다. 그곳은 이제 커다란 바위로 뒤덮여 있었는데, 그 바위 사이에 생기 없는 작은 관목들이 자라고 있었다. 길은 내리막이었다. 우리는 터널 같은 절개지*를 통과했다. 반원형의 폭파공*들이 잘려진 바위 벽면 위로 비스듬한 그림자를 드리웠다. 밝은 빛이 강하게 버스 안으로 밀려들었다. 그다음 순간 길이 열렸다. 그리고 넓은 들판과 그 가운데를 관통하며 흐르는 강, 그 강 옆의 마을이 눈에 들어왔다.

• 분방 | 규칙이나 규범 따위에 구애받지 아니하고 제멋대로임.
• 구릉 | 언덕.
• 절개지 | 새 길을 내기 위해 산을 깎아 놓은 곳.
• 폭파공 | 폭발시켜 생긴 구멍.

가렉이 우리에게 도착을 알렸다. 우리는 벗어 놓은 양복 윗도리를 입었다. 버스는 속도를 줄여, 점토로 뒤덮인 광장의 깨끗하게 회칠이 된 작은 집 앞에 섰다. 석회 칠이 너무도 강렬하게 빛나 차에서 내릴 때 눈이 아팠다. 우리는 버스 그늘 안으로 들어갔고, 손가락으로 툭툭 담뱃재를 털었다. 그러고는 실눈으로 그 집을 쳐다보면서 그 안으로 사라진 가렉을 기다렸다.

몇 분이 지나 가렉이 돌아왔다. 그는 한 남자를 데리고 왔다. 우리 가운데 그 누구도 본 적이 없는 사람이었다.

"이분은 벨라 본조 씨입니다."

가렉이 남자를 소개했다.

"본조 씨는 지금 집안일을 하는 중이었습니다만, 여러분의 질문에 대답할 준비가 되어 있습니다."

우리는 일제히 본조를 쳐다보았다. 우리의 눈길이 쏟아지자 그는 살짝 고개를 숙였다. 창백한 그의 얼굴은 나이가 들어 보였다. 그의 목덜미에는 검은 주름이 뚜렷했고, 윗입술은 부풀어 있었다. 집안일을 하는 중에 갑작스럽게 손님을 맞이하게 됐다면서도 그의 머리는 말쑥하게 빗질이 되어 있었다. 늙고 여윈 목에 피딱지가 생긴 걸로 보아 그가 다급하게 면도를 했다는 것을 알 수 있었다. 그는 깨끗하게 세탁한 면셔츠와 길이가 짧아 복사뼈에 겨우 닿을까 말까 한 면바지를 입고 있었다. 그리고 훈련받는 신병들이 신는 것과 같은 노란색의 거친 새 가죽장화를 신고 있었다.

우리는 벨라 본조와 한 사람씩 악수를 나누며 인사했다. 그는 고개 숙여 인사하고 우리를 자신의 집 안으로 안내했다. 그는 우리를 앞서 가게 했다. 우리는 나이 든 부인이 기다리고 있는 서늘한 거실로 들어갔다. 희미한 조명 탓에 그녀의 얼굴은 잘 보이지 않았고, 단지 그녀의 머릿수건만 두드러져 보였다. 부인은 우리에게 주먹 크기만 한 낯선 과일을 내놓았다. 붉은빛의 즙이 많은 과일이었다. 그것을 먹고 있으니 마치 갓 생긴 상처를 깨무는 것 같은 느낌이 들었다.

우리는 다시 광장으로 나왔다. 버스 옆에는 아이들이 맨발로 서 있었다. 아이들은 강렬한 시선으로 벨라 본조를 지켜보았다. 그들은 미동도 하지 않았고, 서로 말도 하지 않았다. 우리와는 눈길도 마주치지 않았다. 본조는 묘한 만족감을 보이며 미소를 지었다.

"자녀는 없습니까?"

포트기써가 물었다.

첫 번째 질문이었다. 본조는 미소를 지으며 입을 열었다.

"아니요. 아들이 하나 있었지요. 이제는 그 애를 잊어버리려 애쓰고 있습니다. 정부에 반항했거든요. 게을렀고 아무짝에도 쓸모가 없었어요. 그런데도 뭔가 되어 본답시고 불안만 야기하는 사보타주*에 참가했지 뭡니까. 그 사람들은 자기들이 더 잘할

---

* 사보타주 | 겉으로는 일을 하지만 의도적으로 일을 게을리함으로써 사용자에게 손해를 주는 노동 쟁의.

수 있다고 착각하고 정부에 맞서 싸우고 있지요."

본조가 나지막한 목소리로 단호하게 말했다. 그가 말하는 동안 나는 그의 앞니가 빠지고 없다는 것을 알았다.

"어쩌면 그들이 더 잘할 수도 있겠지요."

포트기씨가 말했다. 가렉은 질문을 듣고 만족스럽다는 듯한 미소를 띠었다. 그러자 본조가 대답했다.

"모든 정부는 사람들이 그 정부를 참고 견뎌 내야만 한다는 점에서 비슷합니다. 어떤 정부는 견디기가 좀 쉽고, 또 다른 정부는 좀 어렵다는 게 차이라면 차이지요. 우리는 현 정부에 대해서는 잘 알고 있지만, 다른 정부에 대해서는 그저 그들의 약속만을 알 뿐입니다."

아이들이 한동안 눈길을 주고받았다.

"그래도 독립이라는 훌륭한 약속이 있잖아요."

블라이구트가 말했다.

"독립이 밥 먹여 주지는 않습니다."

본조가 미소를 지으며 말했다.

"나라가 가난해지면 독립이 무슨 소용이 있습니까. 그래도 지금의 정부는 우리의 수출을 보장해 왔습니다. 그리고 도로와 병원과 학교를 짓는 데도 애를 썼습니다. 땅도 개간해 왔고 또 계속해서 그렇게 해 나갈 겁니다. 게다가 우리에게 투표권까지 주었습니다."

아이들은 움직이기 시작했다. 그들은 서로 손을 잡고 무의식적으로 한 걸음 앞으로 나섰다. 본조는 얼굴을 숙이고는 알 수 없는 만족감을 드러내며 미소를 지었다. 얼굴을 다시 든 본조가 눈으로 가렉을 찾았다. 가렉은 우리 뒤에 겸손한 자세로 조용히 서 있었다.

"결론을 말하자면,"

별도의 질문을 받지 않았는데도 본조는 말을 이어 갔다.

"독립을 위해서는 어느 정도의 성숙 과정이 있어야 합니다. 사실 독립으로 우리가 할 수 있는 것은 아무것도 없을 것입니다. 민족도 각각 성숙해지는 나이가 있습니다. 우리는 아직 그 나이에 도달하지 않았어요. 저는 현 정부의 친구입니다. 현 정부는 미성숙 상태에 있는 우리를 그냥 방치하지 않았으니까요. 여러분께서 이 점을 알아주시면 대단히 고맙겠습니다."

가렉은 버스 쪽으로 멀어져 갔다. 본조는 그를 조심스럽게 지켜보았다. 그리고 무거운 버스 문이 닫히고 그 메마른 광장 위에 우리만 서 있게 될 때까지 기다렸다.

드디어 우리만 남게 되었다. 라디오 방송국의 핑케가 본조에게 재빨리 질문을 던졌다.

"실제로는 어떻습니까? 어서 대답해 보세요. 지금은 우리뿐입니다."

본조는 당황하였다. 그는 의아함과 당혹감을 나타내며 핑케를 빤히 쳐다보더니 천천히 말했다.

"저는 선생님의 질문을 이해하지 못하겠습니다."

"이제 우리 솔직한 이야기를 해 봅시다."

핑케가 다급하게 말했다.

"솔직한 이야기라……."

본조는 신중하게 핑케의 말을 반복하면서 이를 드러내며 씩 웃었다. 그러자 그의 빠진 앞니 자리가 눈에 확연히 들어왔다.

"저는 앞서 아주 솔직하게 이야기하였습니다. 우리는 현 정부의 친구들입니다. 제 아내와 저 말입니다. 현재 우리가 이렇게 살아가는 것도, 또 우리가 이만큼 이루고 사는 것도 모두 정부의 덕택이니까요. 그래서 우리는 정부를 고맙게 생각합니다. 여러분은 사람들이 정부에 대해 감사할 수 있다는 게 얼마나 드문 일인지 잘 알고 있을 겁니다. 하지만 우리는 감사하고 있습니다. 그리고 나의 이웃들 역시 감사하고 있으며, 저기에 서 있는 아이들과 마을에 있는 모든 사람들이 마찬가지입니다. 아무 문이라도 두드려 보세요. 그러면 우리가 정부에 얼마나 감사하고 있는지를 어디서나 듣게 될 것입니다."

갑자기 얼굴이 창백한 젊은 기자 굼이 본조에게 다가가 조용히 속삭였다.

"제가 아는 믿을 만한 정보에 의하면 당신 아들이 수도에 있는 감옥에서 고문을 당했다고 합니다. 그 점에 대해 하실 말씀이 없습니까?"

본조는 눈을 감았다. 석회 먼지가 그의 눈썹 위에 쌓여 있었다. 그는 미소를 지으며 대답했다.

"제게는 아들이 없습니다. 그러니 아들이 고문당했을 수가 없지요. 우리는 정부의 친구들입니다. 아시겠습니까? 저는 정부의 친구입니다."

그는 손수 말아 만든 구부정한 궐련*에 불을 붙여 거세게 들이마셨다. 그리고 이제 막 열린 버스 문 쪽을 바라보았다. 가렉이 돌아와 이야기가 얼마나 오갔는지 물었다. 본조는 발을 뒤꿈치에서 발가락 쪽으로 굴리면서 앞뒤로 몸을 흔들었다. 가렉이 다시 우리 쪽으로 다가오자 본조는 안도하는 것만 같았다. 그리고 그는 우리의 다른 질문에 장난기를 섞어 가며 자세히 대답했다. 그는 말을 하는 동안 때때로 빠진 앞니 자리를 통해 쉬쉬 하는 바람 소리를 냈다.

한 남자가 큰 낫을 들고 우리 앞을 지나갔다. 본조가 그를 불렀다. 그 남자는 온전하지 못한 걸음으로 가까이 걸어와 어깨 위의 낫을 내려놓고는 본조의 질문에 귀를 기울였다. 그것은 우리가 맨 처음 본조에게 던진 바로 그 질문이었다. 남자는 마지못해 머리를 끄덕였다. 그는 정부의 열정적인 친구였다. 그리고 그가 한마디 한마디 할 때마다 본조의 얼굴에는 승리의 빛이 나타났다. 마침내 두 남자는 마치 정부와의 공통된 연대감을 확인하려는 듯 우리 앞에서 악수를 주고받았다.

우리도 작별 인사를 했다. 우리 일행은 한 사람씩 본조와 악수

• 궐련 | 얇은 종이로 가늘고 길게 말아 놓은 담배.

를 하였는데, 나는 그와 마지막으로 악수를 나누었다. 내가 그의 거칠고 갈라진 손을 잡았을 때, 나는 우리 둘의 손바닥 사이에 돌돌 말린 종이 뭉치가 있는 것을 느꼈다. 나는 손가락을 구부려 그것을 천천히 빼냈고, 뒤로 물러나 그 종이 뭉치를 주머니에 넣었다. 벨라 본조는 그 자리에 서서 연방 빠르게 담배 연기를 내뿜었다. 그는 자신의 부인을 집 밖으로 불러냈다. 그녀와 본조 그리고 낫을 든 남자는 버스가 떠나는 것을 지켜보았다. 그동안 아이들은 생기 없는 관목과 바위로 뒤덮인 언덕 위로 올라갔다.

우리는 왔던 길로 되돌아가지 않고, 철둑과 마주칠 때까지 뜨거운 들판을 가로질렀다. 철둑 옆으로 모래와 자갈이 깔린 길이 이어졌다. 차가 달리는 동안 나는 주머니에 손을 넣고 있었고, 손에는 작은 종이 뭉치가 있었다. 그것은 딱딱한 알맹이를 싸고 있었는데, 내가 아무리 힘을 가해도 손톱이 그 속으로 파고 들어갈 수가 없었다. 나는 감히 그 종이 뭉치를 꺼낼 수 없었다. 때때로 가렉의 우울한 눈길이 백미러를 통해 보였기 때문이었다. 섬뜩한 그림자가 우리 머리 위를 지나 죽음의 땅 위를 질주하였다. 그 후 곧 프로펠러 소리가 들렸고, 비행기가 나타났다. 비행기는 철둑 위를 수도 방향으로 낮게 날아가다 지평선에서 선회하더니 다시 우리 머리 위로 굉음을 내며 날아와서는 우리를 그냥 내버려 두지 않았다.

나는 벨라 본조를 생각하면서 딱딱한 알맹이를 싸고 있는 종이 뭉치를 손에 꼭 쥐었다. 손바닥이 촉촉해진 것을 느낄 수 있었다. 그때 철둑길 끝에서 어떤 물체가 보였다. 그것이 우리 쪽으로 점점 가까이 다가오자 궤도차*라는 것을 알 수 있었다. 궤도차에는 젊은 군인들이 타고 있었다. 그들은 친절하게도 자신들의 자동 소총을 들어 우리를 향해 흔들었다. 나는 조심스럽게 종이 뭉치를 꺼냈다. 하지만 그것을 펴 보지 않고 재빨리 작은 회중시계용 주머니 안으로 넣었다. 그것은 단추가 있는 유일한 주머니였다. 그리고 다시 벨라 본조, 그 정부의 친구를 생각했다. 다시 한 번 그의 가공되지 않은 노란색 가죽 장화와 얼굴에 나타난 몽롱한 만족과 이가 빠져 말할 때마다 그 자리가 검게 보이던 그의 얼굴을 생각했다. 우리 가운데 그의 모습에서 진정한 정부의 친구를 보았다는 사실을 의심하는 사람은 아무도 없는 것 같았다.

우리는 해안을 따라 수도로 되돌아왔다. 바닷물이 해안 절벽에 부딪쳤다 밀려가는 소리가 들려왔다. 우리는 오페라 극장 근처에서 내려 가렉과 정중하게 인사를 나누고 헤어졌다. 나는 혼자 호텔로 돌아가 엘리베이터를 타고 내 방으로 갔다. 그리고 화장실에서 정부의 친구가 내게 몰래 맡겼던 그 종이 뭉치를 펼쳐 보았다. 그것은 백지였다. 어떤 표시나 글자도 없었다. 그 종이에는 니코틴으로 노랗게 변색된 앞니가 싸여 있을 뿐이었다. 그것은 부러진 사람 이빨이었다. 나는 그것이 누구의 것이었는지 알았다.

• 궤도차 | 기차나 전차 따위와 같이 궤도 위를 달리는 차.

1 이 마을에 왜 기자들이 초대되었을까요?


2 마을의 모습이나 분위기를 묘사한 부분을 찾아보세요.


3 소설 뒷부분에서 본조는 왜 부러진 이를 기자에게 몰래 주었을까
  요? 본조는 이를 통해서 무엇을 전하고 싶었던 것일까요?


4 만약 여러분이 기자인 '나'라면 이후에 어떻게 행동해야 할까요?

1926년에 발표된 이상화의 〈빼앗긴 들에도 봄은 오는가〉라는 시는 "그러나 지금은 들을 빼앗겨 봄조차 빼앗기겠네."라는 구절로 끝을 맺는다. 우리 삶의 터전을 일본에 빼앗겼으니 희망과 자유, 미래까지도 빼앗길 수밖에 없다는 현실 인식은 슬프고 절망적인 깨달음이었을 것이다.

시간과 공간은 다르지만 여기 벨라 본조 역시 '빼앗긴 들'에 살며 '봄'을 빼앗긴 사람이다. 본조의 나라는 엄격하고 무서운 독재 정권이 다스리고 있다. 이런 상황에서는 당연히 현실의 모순을 지적하는 사람들이 있는데, 정부는 이를 강제로 억누르려 하며 심지어 고문과 탄압으로 진실을 가려 버린다.

정부는 나라 안에 아무런 문제가 없다는 것을 보여 주고자 한다. 정부는 언론 기자들을 초대하여 인위적으로 만들어진 시범 마을을 구경시켜 준다. 기자단을 안내하는 공무원 '가렉'은 매우 친절하지만 한편으론 불안하고 우울해 보인다. 지어낸 가렉의 웃음처럼, 시범 도시와 마을도 회색 석회 먼지가 가득하고 새로 꾸며진 듯 어색하기만 하다.

마침내 도착한 마을에서 기자단은 "나는 정부의 친구입니다."라고 주장하는 벨라 본조를 만나게 된다. 피곤하고 빈곤해 보이는 외모, 빠진 앞니 사이로 나는 바람이 새는 소리, 기자들의 질문에 답하며 애써 지어내는 미소에서 우리는 그가 결코 정부의 친구가 아님을 알아차리게 된다.

나라 안에 아무런 문제가 없다고 주장하면서도 정부는 언론 기자들이 시범 마을 관람을 끝내고 돌아오는 길에 비행기까지 동원하여 기자들을 감시한다. 무언가 불편한 진실이 밝혀질까 봐 경계하는 것일까? 젊은 군인들이 친절하게 기관총을 들어 기자들에게 인사하는 모습도 왠지 거짓으로 보인다.

마지막에 본조는 '나'에게 딱딱한 알맹이에 싸인 종이 뭉치를 은밀히 건네 준다. 가렉의 눈을 피해 진실을 전해 주고자 한 것일까?

# 군인 <sup>The Soldier</sup>

크리샨 찬다르 지음

이영석 옮김

## 크리샨 찬다르 Krishan Chandar (1914~1977)

인도 최북단의 잠무카슈미르 주 푼치에서 태어났다. 우르두어(파키스탄의 문어)와 힌디어 (북부인도의 문어)로 작품 활동을 한 소설가이자 영화감독이었으며, 여러 신문에 영어로 글을 쓰면서 인도문학의 현대화에 기여하였다. 브라만 계급 출신인 그는 자신의 신분을 드러내지 않고 하층민과의 연대감을 표하기 위해 의식적으로 크리샨 찬다르 샤르마라 는 이름에서 샤르마라는 신분 이름을 사용하지 않았다고 한다. 또한 20편 이상의 소설 과 30권의 단편집, 수많은 라디오 대본과 영화 시나리오 등을 썼다. 대표작으로 〈당나 귀의 죽음〉 등이 있다.

자만 칸과 샤바즈 칸은 같은 부대 소속 군인이었다. 둘은 서로를 잘 알고 있는 친구이자 전우였다. 그들의 우정은 카페나 술집, 혹은 무도장을 드나들면서 쌓은 게 아니었다. 때로는 전투기의 무시무시한 날개 아래에서, 혹은 귀가 멍멍할 정도로 총알이 쏟아지고 점차 죽음의 그림자가 다가오는 가운데에서 서서히 무르익으며 쌓아 온 강력한 것이었다.

그들의 우정은 부드럽고 섬세하지 않았다. 거칠고 열정적이며 동물적인 활력이 넘쳤다. 험난한 고원에서 자란 나무처럼 뿌리가 깊고 굳건했다. 그런 우정에는 감상이 끼어들 여지가 없는 법이었다. 서로 논쟁을 벌일 틈이 없고 부질없는 공상이나 문학적인 삶도 전혀 없지만 둘은 놀랍게도 서로를 신뢰했다. 말이 필요 없는 사이였다. 마음속으로 서로를 이해하고 있었던 것이었다.

자만 칸과 샤바즈 칸은 만나면 서로 거친 말로 인사했고 종종 말다툼을 하기도 했다. 심지어 서로를 부대 장교에게 고발한 일도 있었다. 하지만 위험한 상황이 오면 둘은 하나가 되었고, 함께 희생하며 헤쳐 나갔다. 장교들이나 다른 부대원들도 이러한 사실을 잘 알고 있었다. 가끔은 장난으로 두 사람 사이를 갈라놓으려고도 해 봤지만 성공하지 못했다.

마침내 전쟁(제2차 세계대전)이 끝났다. 두 사람은 5년간의 군 복무를 마치고 집으로 돌아가게 되었다. 샤바즈 칸은 차크랄라 출신이었고, 자만 칸은 젤룸 출신이었다. 두 사람은 기차에 마주 앉아 창밖을 내다보았다. 아카시아 나무와 잡목들이 늘어서 있었다. 그들은 간절하고 열정적인 눈길로 높은 바위 절벽과 적갈색의 땅을 바라보았다. 창밖으로 기장을 경작하는 풍경과 강철 같은 근육질의 남자들이 보였다.

높은 바위산의 능선을 따라 달리던 기차가 경사진 계곡으로 접어들었다. 저 멀리 높은 곳의 좁고 꼬불꼬불한 길 위로 항아리를 인 아가씨가 걸어가고 있었다. 그녀의 발걸음은 마치 보이지 않는 드럼 박자에 맞춰 움직이는 것 같았다.

"이리 와, 자기, 달처럼 훤한 얼굴의 군인 아저씨."

샤바즈 칸이 흥얼거렸다. 그러다 갑자기 입술을 깨물며 말했다.

"저기 언덕을 넘으면 압둘라의 마을이야."

이어지는 언덕 아래에 작은 개울이 흐르는 조그만 골짜기가 있었다. 개울 건너편에 마을이 하나 있었는데, 하늘이 닿을 듯한 그런 곳이었다. 압둘라의 마을이었다. 돌아오지 못하는 압둘라, 그는 이탈리아의 어느 마을에서 전사했고, 그의 몸은 낯선 땅에 묻혀 있었다.

"그리고 니사르."

자만 칸이 말했다.

"그리고 카람다드!"

"바타!"

일련의 얼굴들이 눈앞을 스쳐 갔다. 불그레한 얼굴, 하얀 얼굴, 웃는 얼굴, 찌푸린 얼굴, 그리고 두려움을 모르는 얼굴, 난폭한 얼굴, 잔인한 얼굴, 청순한 얼굴 들이었다. 그것은 인간의 얼굴이며 형제의 얼굴이었다. 같은 땅에서 태어나 같은 환경에서 살았던 그 얼굴들이 지금 샤바즈 칸과 자만 칸의 눈을 통해 고향 땅을 바라보고 있었다.

가 버렸다. 모두 가 버린 것이다. 니사르, 카람다드, 바타, 압둘라…….

"전쟁은 왜 하는 걸까?"

샤바즈 칸이 말했다.

"장교들에게 물어봐."

자만 칸은 그렇게 대답하면서 자신의 가슴에 달려 있는 메달들을 내려다보았다.

"왜 군인들이 죽어야 할까?"

자만 칸은 대답하지 않았다.

"세상의 군인들 모두가 싸우지 않으려 한다고 생각해 봐. 그러면…….."

샤바즈 칸이 말했다.

"그러면 적이 이기는 거지!"

자만 칸이 대답했다.

"적? 적은 어디에 있는데?"

"장교에게 물어봐야지."

자만 칸의 대답을 듣고 샤바즈 칸은 입을 다물었다. 기차가 바위 계곡을 덜컹거리며 지나갔다.

"젤룸이 가까워지고 있어."

자만 칸이 들뜬 목소리로 말했다.

"차크랄라는 아직 까마득해."

샤바즈 칸은 아쉬운 듯 말했다. 하지만 아내의 얼굴이 떠오르자 그의 얼굴에도 아침 햇살 같은 미소가 희미하게 떠올랐다.

"아내가 역으로 마중을 나올지도 몰라."

"우와!"

자만 칸의 목소리가 커졌다. 자만 칸은 아직 미혼이었다.

"그리고 내 아들은…… 내가 입대했을 때 겨우 한 살이었지. 키가 많이 컸을 거야."

"그렇겠군. 네 총의 길이만큼은 컸겠다."

자만 칸이 말했다.

"그 아이가 날 알아볼지 궁금하네."

샤바즈 칸이 마치 꿈을 꾸듯이 말했다.

"못 알아볼 거야. 네 아들이 아닐지도 모르니까."

샤바즈 칸은 자만 칸의 가슴을 쳤고 자만 칸은 배를 잡고 웃었다.

"이 돼지 새끼 같은 놈!"

샤바즈 칸이 소리를 질렀다.

"뒈져라! 뒈져라!"

젤룸에 도착했지만 두 사람은 여전히 서로에게 욕지거리를 하고 있었다.

자만 칸은 목발을 짚고 기차에서 내렸다. 짐꾼이 짐을 받아서는 그의 곁에 놓았다. 그러는 사이 자만 칸은 소지품을 챙겼다.

묵직한 침낭 하나와 큰 트렁크 하나였다. 그것은 6년 전쟁 끝에 자만 칸에게 남은 전부였다. 또 그는 다리 하나를 전선 어딘가에서 잃어버렸다. 그의 얼굴에는 검은 수염이 무성했고, 얼굴빛은 구릿빛으로 변했으며, 푸른 눈에는 증오가 가득했다. 그는 아래턱을 한번 쓸어내리고는 몸을 돌려 차렷 자세로 차창 앞에 섰다.

"신의 가호가 있기를, 바제."

자만 칸이 말했다.

"신의 가호가 있기를, 잠마."

샤바즈 칸이 말했다. 둘은 서로를 그렇게 별명으로 불렀다.

"편지 써."

"그래, 편지 쓸게."

잠시 멋쩍은 침묵이 흘렀다.

"움직일 수 있겠어? 내가 고향 마을까지 데려다 줄까?"

샤바즈 칸이 흘낏 목발에 눈길을 주면서 말했다. 자만 칸은 샤바즈 칸이 자신을 조롱한다고 생각했다. 그 순간 자만 칸의 몸에 힘이 들어갔다.

"아니야. 할 수 있어."

자만 칸은 마지막으로 힘차게 샤바즈 칸의 손을 잡고 흔들며 말했다.

"눈 깜박하면 집에 도착할 거야."

기차가 움직이기 시작했다.

"잠마, 잘 가."

"그래, 바제!"

"아무튼 전쟁이 아주 나쁜 것만은 아니네. 네가 온전한 몸으로 돌아왔으면 더 좋았겠지만 말이야. 다리를 잃은 것은 정말 유감이야, 친구."

자만 칸은 찡그린 얼굴로 샤바즈 칸의 웃는 얼굴을 바라보았다. 마침내 기차가 플랫폼을 떠났다. 자만 칸은 화를 내며 목발로 플랫폼 바닥을 굴렀다.

"형씨!"

짐꾼이 자만 칸에게 말했다.

"순 잡놈!"

자만 칸이 샤바즈 칸에 대한 화를 삭이지 못하고 말했다.

"날더러 잡놈이라고 했어? 그러는 네놈이야말로 잡놈이다. 네 아비도 잡놈이고! 너 같은 군인은 여기서 반값도 안 쳐준다고. 폼 잡지 마. 아니면 목발로 네 거시기를 쳐 버리겠어. 나는 불다얄족 출신이야. 불다얄이라고! 알아?"

짐꾼이 소리를 질렀다.

"나도 불다얄이다. 이 멍청이 자식아! 내 짐을 들어, 이 허풍쟁이야. 내가 네 형님뻘이다! 넌 어디 출신이야?"

자만 칸이 반가워하며 말했다.

"코 무레."

자만 칸은 짐꾼의 어깨를 다독이며 말했다.

"우리 부족은 좀 별나지."

84

자만 칸은 짐꾼의 조상을 속속들이 집어내면서 장황하게 이야기했다.

"맹세코 우리 부대의 불다얄 병사들은 모두 뛰어났어. 그리고 용감했지. 사자처럼 싸워서 모두 무공 훈장을 받았어."

짐꾼이 트렁크를 머리에 이고, 침낭을 옆구리에 꼈다.

"저기, 그 목발도 이리 줘!"

짐꾼이 말했다.

"그러면 나는 어떻게 걸어가라고? 네놈 다리로? 바보 아니야?"

짐꾼은 웃었다. 그들은 역을 나왔다. 자만 칸이 그에게 돈을 주려고 하자 그가 말했다.

"안 받겠어. 불다얄 사람한테는 안 받아. 내게는 형제와 마찬가지거든. 게다가 전장에서 돌아왔고……."

그는 목발을 쳐다볼 뿐 더 이상 자만 칸의 얼굴 표정을 살피지 않았다.

"편히 가세, 군인 아저씨. 앞으로 연금 생활을 즐기며 오래오래 살라고."

자만 칸의 입가에 엷은 미소가 떠올랐다. 기쁨보다는 눈물을, 눈물보다는 동정을, 동정보다는 무력감을 담은, 달콤하지만 이상하고 쉽게 볼 수 없는 그런 미소였다. 그 미소는 이렇게 말하는 것만 같았다.

"이곳은 우리나라, 여기는 우리 동네. 내 어린 시절을 함께했던 곳, 아름다운 하늘은 여전히 내 꿈을 담은 별들과 어울려 있고,

대지는 내 연인의 부드러운 발이 추던 춤을 기억하고 있는 곳."

그는 천천히 기차역의 계단을 내려가서 목발을 짚고 마차에 올라탔다.

"시내로 가십니까? 군인 아저씨."

마부가 물었다.

"아니요."

"그럼 가탈리안으로 가십니까?"

"아니요, 젤룸 외곽에 있는 작은 마을로 갑니다. 빨리 달리면 해가 지기 전에 도착할 수 있을 거요."

"그럼 서두릅시다, 손님!"

마부가 말 꼬리를 비틀었다. 말 목에 두른 방울이 딸랑거렸고, 머리의 붉은 깃털 장식은 산들바람에 흔들렸다. 자만 칸은 목발을 짚고 한쪽 발을 트렁크에 얹은 채 고향 마을을 향했다.

마을이 보이기 시작하자, 자만 칸은 마부에게 속도를 좀 늦춰 달라고 했다. 그의 눈앞에 마을의 경계와 그 너머 젤룸 강둑이 보였다. 강을 가로질러 카슈미르 주의 경계선이, 그 위에 가탈리안의 톨게이트가 보였다. 강물이 졸졸거리며 흐르는 소리가 들려왔고, 강둑을 따라 자라고 있는 습지 식물들로부터 은은한 향기가 느껴졌다. 농작물 수확이 끝난 들판의 황량한 그루터기를 보자, 갑자기 수천 개의 작고 하얀 십자가가 꽂혀 있던 묘지가 생각났다. 전쟁은 무시무시한 수확을 거둬들였다. 하지만 거기에는 공교롭게도 자만 칸의 소중한 다리 한쪽이 들어 있었다.

저녁이 되었다. 샘에서 물을 긷던 여인들이 서둘러 마을로 돌아가고 있었다. 옛날에 나무 뒤에 서서 들뜬 마음으로 제나가 오는 것을 바라보곤 하던 시절이 있었다. 때로는 낮부터 저녁까지 한없이 그녀를 기다리기도 했다. 골짜기는 잿빛 안개로 가득했고 마을 위에는 적막이 내려, 마치 세상 모든 것이 달콤한 사랑의 번민으로 덮여 버린 것처럼 느껴졌다. 그는 그녀가 경쾌한 종종걸음으로 서둘러 오는 것이 보일 때까지 꾸불꾸불 들판을 가로지르며 뻗어 있는 길에서 눈을 떼지 않았다. 그녀의 발걸음이 빨라지면 그의 가슴도 더 빨리 뛰었다.

어쩌다 제나가 나타나지 않으면 금방이라도 숨이 막힐 듯 답답했다. 그럴 때면 자만 칸은 무거운 마음으로 마을로 돌아오다 젤룸 강둑에 앉아 전통 악기인 벤잘리를 꺼내 들었다. 악기의 경쾌한 멜로디는 강물의 소용돌이와 어우러졌고, 모든 선율은 '제나— 제나—' 하고 그녀의 이름을 노래했다. 그녀의 모습은 금빛으로 빛났고, 그녀의 목소리는 벤잘리의 음악처럼 달콤했고, 그녀의 몸은 버드나무처럼 나긋나긋했다.

제나에 대한 온갖 생각이 자만 칸의 마음에 밀려왔다. 실제 모습이 그려지기도 했지만, 때로는 신비스러운 후광이 그려진 모습이기도 했다. 밤은 깊었고, 마을 장벽도 닫혔다.

마을 외곽에 있는 레슬링 경기장이 눈에 들어왔다. 마을 아이들이 레슬링을 하던 곳이었다. 여느 아이들처럼 자만 칸도 이곳에 와서 운동을 했다. 그러다 지치면 기분 좋게 보리수나무 아래

맨땅에서 낮잠을 자고, 젤룸 강에서 멱을 감았다.

자만 칸은 활기찬 시골 청년이었다. 레슬링 챔피언이었고, 또 수영의 달인이었다. 레슬링 경기장을 보고, 무심결에 레슬링 챔피언 때처럼 허벅지를 두드리려고 손을 가져다 댔다. 하지만 손은 없어진 다리의 엉덩이 쪽으로 미끄러졌다. 자만 칸은 고통을 느끼며 손을 떼어 몸을 꼿꼿이 일으켰다.

마부가 마차를 세우고 방향을 물었다.

"먼저 성인 묘역으로 가 주세요. 저기서 오른쪽으로 100미터쯤 가면 됩니다."

입대하기 전에 자만 칸은 제나와 함께 성인 묘역으로 가 성인들의 호의를 얻어 사랑을 지키고자 했다. 두 사람은 각자 동전 다섯 개씩을 묘역에 바치기로 하고 작은 천 주머니에 돈을 넣은 다음 잘 묶어 키 큰 자두나무 가지에 걸어 두었다.

자만 칸은 성인 묘역 앞에서 마차를 세웠다. 그러고는 마차에서 내린 후 공손하게 고개를 숙여 기도했다. 기도를 마치고, 양손으로 얼굴을 씻은 다음 주위를 둘러보았다. 벽감*에서 타오르는 희미한 호롱불 빛에 한 소녀가 무릎을 꿇고 기도하는 모습이 비쳤다. 아름다운 얼굴이 검은 천 가리개에 반쯤 가려져 있었다. 자만 칸은 절름거리며 그녀에게 걸어가 소리쳤다.

"제나!"

소녀는 당황한 표정으로 자만 칸을 쳐다보았다.

"미안해요, 아가씨."

자만 칸은 자신의 잘못을 깨닫고 말했다.

"아는 사람인 줄 알았어요."

소녀는 말없이 서 있었다. 자만 칸은 목발을 챙겨 마차로 돌아왔다. 마차가 움직이자, 소녀는 계속해서 기도하기 위해 무릎을 꿇었다.

마차는 다시 100미터쯤 더 달린 다음 멈추어 섰다.

드디어 자만 칸은 집으로 돌아왔다. 집에서는 연기가 피어오르고 음식 냄새도 풍겨 왔다. 아이들의 웃음소리도 들려왔다. 이 웃음소리는 묵직한 남자들의 목소리와 부드럽게 속삭이는 듯한 여인들의 웃음소리에 이따금 멈추곤 했다. 그 사이로 축음기 소리가 들려왔다. 사람들은 무척이나 행복하고 편안해 보였다. 자신이 돌아온다는 것을 알리지는 않았지만 자만 칸은 내심 그들이 집 앞에 줄지어 서서 자신을 환영해 주기를 기대했다.

그는 그들의 안녕을 위해 입대했고, 그들을 위해 한쪽 다리를 기꺼이 희생했다. 집중 포화와 쏟아지는 총알 앞에서 청춘을 불태웠다. 하지만 집에서는 그가 없어도 웃음소리가 울려 퍼지고, 축음기가 돌아가고, 일상의 삶이 계속되었다. 여기에 있는 모든 사람들은 전쟁이 일어난 사실을 알지 못했다. 자만 칸이 입대한 것도, 그의 다리에 불행이 닥친 것도 알지 못했던 것이다. 자만 칸은 마치 자신의 고향 마을에서 이방인이 된 것 같았다.

● 벽감 | 장식을 위하여 벽면을 오목하게 파서 만든 공간.

자만 칸은 콧수염을 만지며, 마부에게 집으로 가서 미라지 딘을 데려와 달라고 부탁했다.

"자만이 왔다고 말해 주세요."

잠시 후 마차는 자만 칸의 가족들로 둘러싸였다. 그들은 자만 칸의 침낭과 트렁크를 집 안으로 옮겼다. 그리고 그를 안아 집 안으로 데리고 갔다. 그는 아버지 앞에서 공손하게 절을 했고, 눈물짓는 어머니 품에 안겼다. 건장한 청년으로 성장한 동생의 인사를 받은 후 여동생의 어깨를 감싸고 머리를 쓰다듬어 주었다. 그런 다음 침대에 앉아 즐겁게 이야기를 시작했다. 하지만 마음속 깊이 즐겁지는 않았고, 자신의 이야기가 스스로에게도 활기가 없고 공허하게 들렸다.

아버지는 걱정스런 목소리로 미라지에게 하시마트 아저씨를 데려오라고 했다. 또 마을 사람들에게도 아들이 영광을 안고 전쟁터에서 돌아왔다고 알리라고 했다.

어머니는 그의 잘린 다리를 보고 하염없이 눈물을 흘렸다.

"왜 다리를 잃었다고 말하지 않았니?"

"그런다고 달라질 게 없잖아요, 어머니."

그는 어머니를 위로했다.

"대신 다른 다리를 얻었어요. 강철 다리지요. 이것으로도 걸을 수 있어요."

그는 일어서서 몇 걸음을 걷다가 다시 침대에 앉았다.

"대장을 죽여 버릴 거야."

그의 형이 말했다. 그러곤 머리를 긁으며 자리에서 일어났다.

동생은 메달들을 꼼꼼히 살펴보았다.

"이건 어느 전투에서 받은 거야?"

동생은 깊이 감명을 받은 듯 우쭐하며 물었다.

"아프리카야. 카렌 공격에서였지. 대규모 전투였어. 백인군 연대가 밀리고 있을 때였지. 우리 소대가 공격 명령을 받았어. 카렌 전투에서 승리한 제10펀자브 연대의 인도 병사들, 그들이 바로 우리였지. 정말 끔찍한 전투였어. 나와 샤바즈 칸은 200미터를 기어 올라가서 수류탄으로 기관총 포대를 무력화하는 임무를 맡았지. 우리는 마침내 포대 아래에 이르렀어. 적군의 기관총 포대는 우리의 머리 바로 위 오른쪽에서 쏘아 대고 있었어. 나는 잡목 아래 몸을 숨긴 채 조금씩 앞으로 기어 나갔고, 마침내 결정적인 공격으로 적의 진지를 초토화시켰지."

"그러면 이 다리는 그 전투에서 잃은 거야?"

동생은 주저하며 물었다.

"아니."

자만 칸은 콧수염을 쓸어내리며 말했다.

"다리를 잃은 건 이탈리아 전선에서였어. 부대장이 우리에게 총검 돌격 명령을 내렸지. 독일군과 백병전*이 벌어진 거야. 이

---

* 백병전 | 칼이나 창, 총검 따위와 같은 무기를 가지고 적과 직접 몸으로 맞붙어서 싸우는 전투.

다리는……."

그는 웃었다.

"거의 죽을 뻔했어. 하지만 알라는 위대하시지."

자만 칸은 갑자기 입을 다물었다. 마을 사람들이 모여들기 시작했던 것이다. 자만 칸은 그들 모두를 공손하게 맞이하였다. 라마트 아저씨도 왔다. 사람들은 잠시 불구가 된 자만 칸의 다리 때문에 슬픔에 빠졌지만 웃음으로 눈물을 감추며 부드럽게 자만 칸의 머리를 감싸 주었다. 자만 칸은 계속 즐거운 척하며, 다리를 잘라 내는 일이 일상에서 쉽게 볼 수 있는 일인 것처럼 행동했다. 자신의 전쟁 경험을 즐겁게 이야기하면서 점차 사람들의 마음을 자신의 다리에서 다른 주제로 돌리려고 했다. 하지만 그의 이야기를 듣는 사람들은 그의 다리에서 눈을 떼지 못했다. 더욱이 그의 어머니는 새로운 손님이 올 때마다 울음을 터뜨렸다. 아들의 잃어버린 다리가 계속 애절한 이야기의 주제가 되었기 때문이다. 마을 사람들이 모두 자만 칸을 보러 왔다. 남자, 여자, 아이들, 심지어 자만 칸이 입대한 이후에 태어난 아이들도 왔다. 이 아이들 중에는 제나가 안고 온 아이도 있었다. 그녀도 자만 칸을 보러 왔던 것이다.

그녀가 들어왔을 때, 방 안은 정적에 휩싸였다. 자만 칸의 누이는 갑자기 축음기를 껐다. 모두가 숨을 죽였다. 자만 칸은 한숨을 내쉬었다. 제나를 보자 자만 칸의 어머니가 서둘러 말했다.

"제나는 지금 케르와 결혼한 사이란다. 이 아이가 바로 케르의 아들이지. 애야, 제나에게 축복을 해 주렴. 케르는……."

자만 칸은 제나로부터 아이를 받아 안았다.

"어떻게 지내니?"

자만 칸이 제나에게 물었다.

제나는 풀 죽은 눈빛으로 서 있었다. 모두가 다시 이야기를 시작했고, 축음기도 돌아갔다. 제나도 무릎에 아이를 앉힌 채 그 집 여자들과 어울렸다. 자만 칸은 다시 바쁘게 손님을 맞으며, 재미있는 이야기로 그들을 즐겁게 했다. 그런 다음 사람들이 하나 둘씩 떠나갔다.

자만 칸은 식구들과 함께 저녁 식탁에 앉았다. 그는 군대의 친구들 이야기를 들려주면서 저녁 식사 분위기를 유쾌하게 했다. 저녁 식사가 끝나자 식구들은 큰 야외용 램프를 끄고 잠자리에 들었다. 방에 켜져 있던 흐릿한 호롱불 아래에서 그는 한참을 잠들지 못한 채 천장의 들보를 헤아렸다.

어머니가 떨리는 손으로 가방에서 낡은 사진 한 장을 꺼내 그에게로 가져왔다. 입대하기 전에 찍은 사진이었다. 꼿꼿하고 떡 벌어진 가슴에, 콧수염을 잘 손질한 모습은 지금과 같았다. 그러나 사진 속의 자만 칸에게는 두 다리가 있었다. 어머니는 한숨을 쉬었다.

자만 칸은 사진을 뚫어지게 보았다. 특히 멀쩡한 자신의 두 다리를 한참 동안 바라보고는 어머니에게 사진을 돌려주었다.

"가서 주무세요, 어머니. 저는 괜찮아요. 정말 지금 이대로도 괜찮다니까요."

어머니는 울면서 방을 나갔다. 그는 다시 천장의 들보를 헤아리기 시작했다. 도저히 잠을 이룰 수가 없었다. 그는 잠자리에서 일어나 선반 위에서 벤잘리를 꺼냈다. 그러고는 어머니에게 강가에 다녀오겠다 말하고 목발을 집었다.

자만 칸은 강둑에 앉아 벤잘리를 연주했다. 하늘은 사라진 날들의 메아리로 가득했고, 우울한 환상이 허전한 마음을 채워 주었다. 그러자 과거의 기억들이 생생하게 되살아났다. 제나와의 첫 만남, 첫 키스, 젤룸 시내의 축제에 갔던 일 등이 떠올랐다. 벤잘리 소리는 점점 격렬해지더니 총검처럼 날카로워졌다. 그리고 마침내 기억의 심장을 콕콕 찔러 대다가 적막 속으로 잦아들었다. 갈대들이 산들바람에 바스락거렸고, 이따금 흙덩이가 가볍게 풍덩 소리를 내며 강물에 떨어졌다.

자만 칸은 한동안 모래를 한 움큼씩 집어 강물에 던지면서 그곳에 앉아 있었다. 문득 발소리가 들려왔고 땅 위로 그림자가 나타났다.

그는 목발을 짚고 몸을 일으켜 돌아봤다. 제나가 그의 앞에 서 있었다.

"제가 당신께 죄를 지었어요."

제나가 말했다.

자만 칸은 조용히 그녀를 바라보았다. 하지만 그의 마음속에서는 무언가 끔찍한 것이 폭발하는 것 같았다. 꽝 하고 울리는 총소리 같기도 했다.

"저는 아직 당신 사람이에요."

제나가 속삭였다.

자만 칸은 여전히 침묵했다. 그는 흔들리는 갈대의 신음 사이로 그녀의 떨리는 목소리를 느낄 수 있었다.

"아무도 우리가 여기에 있는 걸 몰라요."

제나가 다시 입을 열었다.

"저를 목 졸라 죽여서 강물에 던져 버려도 좋아요. 하지만, 제발, 제발, 말 좀 해 주세요. 당신의 침묵을 견딜 수가 없어요."

자만 칸은 고개를 들었다. 그의 얼굴은 어색한 미소를 띠고 있었다. 그는 제나의 손을 잡고 부드러운 목소리로 말했다.

"애, 집으로 가자꾸나. 아이와 남편이 널 기다리고 있을 거야."

자만 칸이 제나의 집에서 돌아왔을 때, 성인 묘역 벽감 속에는 여전히 호롱불이 타오르고 있었다. 언덕에서 내려온 한 여자가 묘역 앞에 자리를 잡고 기도를 올렸다. 어둠 속에서 호롱불이 그녀의 감은 눈을 희미하게 비추었다. 그녀의 얼굴에서 온화한 빛이 났다.

자만 칸은 조용히 그녀 옆에 앉았다. 그리고 기도하기 위해 손을 들었다. 하지만 그의 입에서는 어떤 기도도 나오지 않았다. 그의 영혼은 목소리를 잃은 듯했고, 그의 마음에는 할 말이 아무것도 없었다. 눈물만이 그의 뺨을 타고 내려 모랫바닥에 떨어질 뿐이었다.

1 전쟁에 나가기 전에 주인공의 모습은 어떠했나요?


2 다음 상황에서 주인공의 감정은 어떠했는지 말해 보세요.


• 샤바즈 칸과 있을 때


• 고향에 돌아온 후

:: 생각 넓히기

이 이야기는 주인공 자만 칸이 전쟁을 끝내고 돌아오는 장면에서 시작된다. 전쟁에 나가기 전에 자만 칸은 레슬링 챔피언이며 수영의 달인인 시골 청년이었다. 사랑하는 제나를 위해 악기를 연주하던 낭만적인 청년이기도 했다. 전쟁을 끝내고 친구인 샤바즈 칸과 함께 고향으로 돌아오는 길, 역시 자만 칸은 활기차고 대범하며 거칠 것이 없다.

그러나 자만 칸은 전쟁에서 다리 하나를 잃어 목발을 짚고 고향으로 돌아온다. 집에 돌아왔을 때 자만 칸은 마을 사람들과는 동떨어진 느낌을 받는다. 전쟁에서 잃은 다리 하나 때문일까. 자만 칸의 불행은 전쟁에서는 일상적인 것이었지만 고향에서는 크나큰 슬픔이자 충격으로 다가온다.

이웃들은 그를 위로하고, 어머니는 자만 칸 때문에 계속해서 눈물을 흘린다. 그래서 자만 칸은 기쁨을 가장하게 된다. 그러나 전장에서와 달리 자만 칸은 공허하고 활기가 없다. 옛 연인이었던 제나가 다른 사람과 결혼하여 낳은 아이까지 안고 나타나자 자만 칸의 외로움과 공허감은 더욱 깊어진다.

자만 칸이 강둑에서 연주하는 벤잘리 소리에 그의 마음이 얹혀진다. 고향에 돌아온 자만 칸은 5년 전의 건장한 청년도 아니고, 전쟁터에서 용감했던 전사도 아니며, 다만 한쪽 다리와 사랑하는 여인을 잃은 불쌍한 청년일 뿐이다. 자만 칸은 자신의 현실을 직시하는 순간 어떤 고통을 느꼈을까?

# 조우 Encounter

## 로이 야콥센 지음

### 이영석 옮김

**로이 야콥센** Roy Jacobsen (1954~) ·······························································

노르웨이의 오슬로 교외 그로루달렌에서 태어나 1982년 첫 소설집 《감옥 생활》을 발표
하였다. 이 무렵 노르웨이 북부 지방에 있는 어머니의 농장에서 살면서 여러 직업을 경
험하였다. 이러한 자신의 성장 과정이나 어머니의 삶이 소설의 배경이 되었고, 노르웨
이 사람들이 경험하는 정체성의 변화를 잘 그려 내고 있다는 평가를 받았다. 노르웨이
비평가상, 북유럽 평의회 문학상 등을 수상하였으며, 대표작으로 〈정복자〉, 〈불타 버린
기적의 마을〉 등이 있다.

아르빗은 잡은 물고기를 가공 공장에 넘기고 계류장*
으로 배를 돌렸다. 잡은 물고기 수가 많지는 않았다. 대구 반 상
자, 검정대구 큰 놈 세 마리, 볼락 몇 마리가 전부였다. 그물 마흔
개에서 얻은 수확이었다. 하지만 생각했던 것보다 나쁘지 않아
그런대로 만족스러웠다. 겨울철이라 큰 기대를 하지 않았던 것
이다.

아르빗은 다시 작은 보트를 타고 해변으로 나와 검정대구를
소형 모페드*의 나무 상자에 실었다. 그는 늘 자기 몫으로 가장
큰 검정대구를 챙겼다. 그것은 보통 사람들이 흔히 볼 수 없는
것일 뿐만 아니라 보통의 대구보다 맛이 좋았다. 그는 모페드를
생선 건조대 너머 길 위로 끌고 왔다. 그리고 안장 위에 쌓인 축
축한 눈을 쓸어 낸 다음 운전용 고글을 썼다.

가공 공장에서 집까지는 평평한 늪지대를 가로지르는 시골길
로 12킬로미터 정도의 거리였다. 겨울에는 오가기 힘든 길이었
다. 날씨가 사나울 때면, 핸들에 바짝 몸을 대고 가속 페달을 천
천히 밟으며, 도로의 한가운데에 맞춰 달려야만 했다. 그는 매일
아침 다섯 시에 일어나 모페드를 타고 12킬로미터를 달려 해변
으로 갔다. 그런 다음 바다로 나가는 고기잡이배를 탔고 저녁에
돌아왔다. 날마다 규칙적인 일이 반복되었다. 부모는 농부였지

---

• 계류장 | 배를 대고 매어 놓는 장소.
• 모페드 | 모터와 페달을 갖춘 자전거의 일종. 오토바이처럼 동력을 이용한다.

만 그는 어부였다. 그는 흙보다는 바다를 더 좋아했다.

그는 모페드에 시동을 걸었다. 늪지대 위로 올라간 후에는 기어를 3단으로 올리고 가속 페달을 밟았다. 바람이 없는 흐린 날이라 속도를 낼 수 있었다. 가끔 보는 사람이 없을 때면 꼭 필요하지 않아도 핸들 앞쪽으로 몸을 숙이고 달렸다.

그렇게 몇 분 동안 달리다 보니 맞은편에 조그만 형체가 눈에 들어왔다. 그것은 자신을 향해 다가오고 있었고 오토바이를 탄 사람 같았다. 마치 거울에 비친 자신의 모습처럼 느껴졌다. 어찌된 일인지 알 수가 없었다. 이 섬에는 모페드가 한 대뿐이었고, 그 한 대가 바로 자신의 것이었기 때문이었다. 이따금 늪지대 위로 안개가 끼어 앞을 잘 못 알아보는 경우가 있긴 하지만 그건 여름철에나 생기는 일이었다.

그는 가속 페달을 더 세게 밟으면서 핸들 가까이 몸을 숙였다. 앞에 보이는 형체가 점점 커졌다. 그것은 정말 모페드를 탄 한 남자의 모습이었다. 아르빗은 오른쪽으로 비켜 달렸다. 하지만 충분히 비켜 주지는 않았다. 상대방이 더 많이 양보하도록 했다. 둘은 서로 스쳐 지나갔다. 다른 모페드를 탄 남자는 흑인이었다.

아르빗은 몸을 꼿꼿이 세웠다. 그러고는 멍하니 230미터쯤 달리다가 브레이크를 잡았다. 그는 멈춰 서서 뒤를 돌아보았다. 흑인은 아무 일도 없었던 것처럼 앞을 향해 달리고 있었다. 그의 모습은 점점 작아져 완전히 사라져 버릴 것 같았다.

아르빗은 마음을 다잡고 모페드를 돌린 다음, 최대한 빠르게 그를 쫓아갔다. 다행히 그는 그리 빨리 달리고 있지 않았다. 그는 바른 자세로 모페드를 타고 가면서 이곳저곳 경치를 구경하고 있었다. 아르빗은 천천히, 하지만 분명하게 그를 따라잡은 다음, 옆으로 끼어들어 그를 쳐다보았다. 둘은 서로 눈이 마주쳤다. 흑인이 미소를 지었다. 그도 모페드 뒤 짐칸에 상자를 싣고 있었다. 아르빗은 그에게 모페드를 세우라는 신호를 보냈다. 그들은 멈춰 섰다.

아르빗은 모페드에서 내려 바로 그에게 다가갔다.

"뭘 하고 있는 거요?"

"책 팔아요."

흑인은 상자를 툭툭 치며 대답했다.

아르빗은 갑자기 시큰둥해졌다. 그 남자는 마치 〈도널드 덕〉 만화에 나오는 흑인처럼 시끄럽게 이야기했다.

"나 선박으로 왔어요. 여기 섬에서 많은 사람들이 책 사고 있어요."

"오늘 오후 페리로 왔겠군요."

아르빗은 그의 말을 바로잡아 주고는 웃음을 터뜨렸다.

"예, 예."

흑인은 계속해서 미소를 지었다. 그는 가나 출신의 대학생인데, 학비를 벌기 위해 책을 판다고 했다.

아르빗은 외국인을 본 적이 없었다. 그는 고글을 벗고 좀 더 가까이 다가갔다. 흑인도 고글을 벗었다.

"어떤 책이요?"

아르빗은 상자를 툭툭 치며 물어보았다.

"관심 있어요?"

흑인은 기분 좋게 물으면서 모페드에서 내렸다.

"좋은 책들입죠."

그는 상자를 열고 책 한 권을 펼쳐 보였다. 아르빗은 손이 너무 지저분해서 직접 책을 만져 볼 수가 없었다. 책 표지는 붉은색이었다. 안에는 글자가 꽉 차 있었고 예수의 그림도 여러 장 있었다. 책 제목은 '빛의 징후'였다. 아르빗은 코를 실룩거렸다. 아르빗은 예수를 좋아하지 않았다. 읍내에 교회가 있긴 했지만 견진성사*나 장례식이 있을 때만 갈 뿐이었다. 흑인은 그를 보며 웃고는 다른 책을 꺼냈다. 좀 더 두꺼운 녹색 책인데, 요리책이었다. 아르빗은 컬러로 된 여러 가지 음식 사진을 구경했다. 요리책도 별로 내키지는 않았지만 그렇다고 이 신기한 물건을 금방 보내 버리고 싶지는 않았다.

"이걸 판다는 말이죠?"

"예, 예. 이제 저 위쪽으로 가 보려고요."

그는 늪지대의 반대편 끝에 희미하게 보이는 마르틴 그륀리의 농장을 가리켰다. 아르빗은 마르틴이 글은 못 읽지만 어리석으니까 어쩌면 책을 살지 모르겠다고 생각했다.

"다른 책은 없소?"

흑인은 기꺼이 다른 책을 한 권 꺼냈다.

"이건 소설입죠."

그렇게 말하고는 글씨만 있는 두꺼운 책을 펼쳐 보였다. '모비 딕'이라는 제목의 책이었다.

"그건 들어 본 적이 있소."

아르빗은 그렇게 말했지만 조금 당황스러워했다. '모비 딕'이라는 이름과도 관련이 있는 것 같았지만, 어쩌면 다른 세상에서 온 흑인에게 자신이 얼마나 별 볼 일 없는 사람인지 알리지 못하는 데 대한 미안한 기분이 들었던 까닭인지도 모르겠다.

"이걸로 하겠소."

"사신다고요?"

"그래요, 그래, 사겠다고요."

하지만 아르빗의 주머니에는 구겨진 납품 명세서밖에 없었다. 흑인이 아르빗의 상자를 가리키며 말했다.

"생선이네요."

물론 아르빗은 그에게 검정대구를 줄 수도 있었다. 하지만 그가 "생선이네요."라고 말한 것은 그저 자신이 이 단어를 안다는 것을 보여 주기 위해서였다.

"가진 돈이 없군. 나중에 우리 집으로 오면 그때 돈을 줄 수가 있소."

아르빗은 나중에 값을 치르기로 했다. 그리고 자기가 살고 있

---

• 견진성사 | 세례를 받은 신자에게 성령과 그 선물을 주어 신앙을 성숙하게 하는 행사.

는 곳을 이야기하다가 말로 설명하기가 쉽지 않았는지 흑인이
준 종이 위에 약도를 그려 주었다. 흑인도 기꺼이 아르빗에게 책
을 건네주었다.

"가져가세요."

아르빗은 서둘러 손을 닦고 손가락 끝으로 책을 받았다. 묵직
하고 듬직한 게 기분이 좋았다. 그는 책을 작업복 안에 집어넣
고, 지퍼를 채운 다음 생각해 보았다. 더할 나위 없이 기쁜 마음
이 들었다.

"좋아요, 좋아."

아르빗은 자꾸 웃음이 터질 것 같았다. 흑인도 웃고 있었다.

그들은 각자의 모페드에 올라타고 시동을 건 다음 고글을 쓰
고 엄지손가락을 들어 인사를 나누고는 길을 떠났다.

아르빗은 곧장 앞을 향해 달렸다. 이제 그는 핸들 쪽으로 몸
을 기울이지 않았다. 그의 마음은 뿌듯했다. 몇백 미터를 달리다
가 그는 모페드를 멈추고 뒤를 돌아보았다. 흑인의 모습은 늪지
대 반대편 끝에 조그맣게 보였다. 아르빗은 조용히 서서 그가 사
라지는 것을 바라보았다. 그의 가슴 한쪽에는 듬직하게도《모비
딕》이 들어 있었다.

1 흑인을 만나기 전까지 아르빗의 일상은 어떠했나요?


2 아르빗이 흑인의 모페드를 따라간 이유는 무엇일까요?


3 아르빗은 《모비 딕》을 읽었을까요? 왜 그렇게 생각하나요?


4 여러분이 가지고 있는 물건을 하나 떠올려 보세요. 그것은 어떻
게 여러분과 만나게 되었나요?

::  생각 넓히기

**학생**  소설 〈조우〉에서 뭘 말하려고 하는지 도통 모르겠어요. 처음 본 흑인에게서《모비 딕》을 한 권 샀다는 게 다예요?

**선생님**  (학생의 책상 위에 놓인 거울을 보며) 너 그 빨간 거울은 어디서 났니? 미키마우스 모양이라 특이한데.

**학생**  이 소설과 제 거울이 무슨 관계가 있나요?

**선생님**  만약 네가 아르빗의 친구라면 너는 아르빗에게 이렇게 묻겠지. "아르빗, 너는 책도 잘 안 읽잖아.《모비 딕》이라니 어떻게 된 거야?"라고 말이야. 그러면 아르빗은 다음과 같이 대답할 거야.

**아르빗**  얘기하자면 길어. 오늘은 특별한 날이었어. 겨울철에는 물고기도 잘 안 잡히잖아. 그런데 오늘따라 내가 좋아하는 검정대구를 큰 놈으로 잡은 거야. 자네도 알다시피 내 삶은 늘 비슷비슷하잖아. 매일 다섯 시에 일어나 고기잡이를 가고 저녁이면 집으로 오는 반복된 삶. 그런데 오늘은 좀 달랐어. 집으로 오던 길에 내 모페드와 똑닮은 모페드와 마주친 거야. 거기다 그 모페드에는 흑인이 타고 있었어. 그때 흑인을 처음 봤지. 그래서였나? 무작정 그를 따라갔지. 그가 빨리 달렸다면 아마도 이 책을 만나지 못했을 거야. 오늘따라 이상하게 어느 것도 결코 사소하게 생각되질 않았지. 그는 바다 너머에서 왔다고 했어. 학비를 벌기 위해 책을 판다는 거야. 그의 인상이 험악했다면 그냥 외면하고 말았을 텐데. 그는 줄곧 미소를 짓는 거야. 왠지 그를 그냥 보내긴 싫었어. 다른 책들은 그저 그랬는데, 이 책이 유독 눈에 들어온 거야. '모비 딕' 어디서 들어 본 이름 같았거든. 읽으려고 샀다기보다는 그에게 도움을 주고 싶다는 생각이 잠깐 스친 것도 같아. 마침 내겐 돈이 없었는데, 책값을 받으러 우리 집으로 오면 어떻겠냐고 했더니 뜻밖에도 그는 순순히 그러겠다고 했어. 우린 둘 다 기분이 좋았지. 이 책을 그렇게 만났어. 참

108

우습지 않니? 바다 건너 외국인이 가져다준 책이라니!
그건 그렇고. 너 그 빨간 거울은 또 뭐야? 미키마우스 모양이라니!
네 취향은 아닌 것 같은데. 그 빨간 거울을 어떻게 만나게 되었는지
자세히 얘기 좀 해 봐.

# 복도에서
## 마신 한 잔 A Drink in the Passage

앨런 페이턴 지음

송무 옮김

**앨런 페이턴** Alan Paton (1903~1988) ·······························

남아프리카공화국의 작가. 나탈대학을 졸업하고 교사가 되었다가 비행 청소년들에게
관심을 갖게 되면서 소년원의 원장이 된다. 소년원 일을 하면서 많은 인도주의적 개혁
정책을 도입하였고, 인종차별 정책의 비인간성을 폭로한 소설 〈울어라, 조국이여〉를 발
표하여 국제적인 이목을 끌었다. 또한 다인종의 민주 사회 건설을 위해 자유당의 창당
을 돕고, 지도자가 되어 당을 이끌기도 하였다. 대표작으로 〈너무 늦었어, 도요새야〉,
〈아, 그러나 네 조국은 아름답다〉, 〈소란한 나라의 이야기〉 등이 있으며, 백인 사회에서
압제받는 흑인의 슬픈 현실과, 이를 개선하려는 사람들의 노력이 담긴 작품을 많이 남
겼다.

1960년 남아프리카공화국은 건국 50주년을 기념하였다. 최우수 조각품을 뽑는 대회가 열렸고, 1천 파운드의 상금이 걸렸다. 그리고 그 상금이 에드워드 시멀레인에게 돌아가자 그 일은 온 나라의 화젯거리가 되었다. '아프리카의 모녀'라는 제목이 붙은 그의 작품은 보는 이들의 경탄을 불러일으켰을 뿐 아니라 남아프리카 백인들의 양심을 건드리고 심금을 울렸다. 그의 작품은 다른 나라에까지 충분히 그의 이름을 떨칠 만했다.

그의 작품이 접수되었던 것은 한낱 실수 때문이었다. 모든 경축 행사와 대회는 엄격한 인종 분리 원칙에 따라야 한다는 것이 정부의 방침이었다. 조각 분과 위원회는 응모 조건에 '백인만 응모 가능'이라는 말을 빠뜨린 실수 때문에 비공개 질책을 받아야 했다. 하지만 들리는 말로는 어느 고위층 인사가 시멀레인의 작품이 '논란의 여지없이 가장 우수하다면' 상을 받아 마땅하다고 주장했다 한다. 결국 위원회는 이 상도 다른 상들과 함께 경축 행사를 마무리 짓는 공식 식장에서 수여하기로 결정했다.

위원회의 결정은 백인 시민들로부터 놀랄 만큼 많은 지지를 받았다. 하지만 일부 유력 계층 쪽에서 나라의 '전통적인 정책'에서 벗어나는 일은 어떤 일이든 반대한다는 거센 항의가 나왔다. 또 많은 백인 수상자들이 상을 거부할 것이라는 위협도 있었다. 하지만 위험한 일은 벌어지지 않았다. 그 조각가가 '애석하게도 식에 참석할 수 없었기' 때문이었다.

"저로서는 감당할 수 없을 것 같았습니다."

시멀레인은 내게 장난스럽게 말했다.

"부모님, 장인과 장모님, 그리고 신부님께서도 그렇게 판단하셨습니다. 저도 결국 그렇게 판단했고요. 마조시와 솔라 같은 친구들은 물론 내가 직접 가서 상을 받기를 바랐습니다만, 전 이렇게 말했습니다. 난 조각가지 시위운동가가 아니라고요."

"이 코냑, 참 맛있군요. 이런 큰 잔에 마시니까 더 맛있는 것 같아요. 이런 잔으로 마셔 보는 건 처음입니다. 브랜디를 이처럼 느긋하게 마셔 보는 것도 처음이고요. 올랜도에 살면, 목구멍이 철판처럼 단단해집니다. 우리는 이렇게 머리를 뒤로 젖히고 그냥 한꺼번에 술을 털어 넣습니다. 경찰이 언제 올지 모르니까요."●

그가 또 내게 말했다.

"이건 제가 태어나 두 번째 마셔 보는 코냑입니다. 첫 번째 코냑을 어떻게 마시게 되었는지 이야기를 듣고 싶지 않으세요?"


폰 브랜디스 거리에 있는 앨러배스터 서점 아시죠? 대회가 끝난 뒤에 그 서점에서 연락이 왔어요. 제 작품 〈아프리카의 모녀〉를 전시할 수 있느냐고 묻더군요. 쇼윈도 하나를 통째로 사용하여 작품을 전시하겠다고요. 배경막은 흰 벨벳으로 하겠다고 했습니다. 흰 벨벳이라는 게 있는지는 모르겠습니다만. '흑인이 백인 세계를 정복하다.'라는 광고문까지 붙인다고 하고요.

왜인지는 모르겠지만, 저는 그곳에 가서 쇼윈도를 들여다보지 못했습니다. 역에서 내려 헤럴드 신문사로 가는 길에 이따금 그곳을 지나면서 사람들이 모여 있는 것을 보면 기분이 좋았지만, 저는 그저 옆눈으로 슬쩍 보기만 했죠.

그러던 어느 날 밤, 사무실에서 늦게까지 일하고 나와 보니, 거리에 사람들이 별로 없었습니다. 저는 이때다 싶어, 작품 전시 구경도 하면서 나름대로 흐뭇한 감정에 젖어 보고 싶었습니다. 그런데 제가 제 천재성을 감상하는 데 잠깐 정신이 팔려 있었나 봅니다. 문득 제 옆을 보니 백인 청년 하나가 서 있었습니다.

"저거, 어떻게 생각하시오, 노형*?"

그 청년이 제게 말을 붙였습니다. 아시겠지만 '노형'이라는 말은 쉽게 들을 수 있는 말이 아니지요.

"구경하는 중입니다."

저는 이렇게 대꾸했습니다.

"난 이 근처에 사는데, 거의 매일 밤 이걸 보러 옵니다. 이게 당신네의 어떤 사람 작품이라는 거 알지요? 봐요, 에드워드 시멀레인이라고."

"네, 압니다."

---

• 남아프리카공화국에서는 음주가 폭력을 유발한다는 이유에서 흑인이 술을 마시는 것을 법으로 금지하였다. - 옮긴이 주
• 노형 | 처음 만났거나 그다지 가깝지 않은 남자 어른들 사이에서, 상대편을 높여 이르는 말.

"멋져요. 저 어머니상의 머리를 좀 봐요. 여인은 저 아이를 사랑하고 있어요. 어쩐지 뭔가로부터 아이를 지켜 주고 있는 것 같기도 합니다. 그거 느끼겠어요? 마치 무슨 보호자 같지 않아요? 여인은 자신의 삶이 녹록하지* 않으리라는 걸 알고 있습니다."

그는 작품을 더 잘 보려고 머리를 한쪽으로 삐딱하게 기울였습니다.

"상금이 천 파운드나 됩니다. 당신네들에게는 큰돈이죠. 하지만 그 사람은 운이 좋았어요. 당신은 운이 별로 없죠?"

그런 다음 허물없이 물었습니다.

"노형, 한잔 안 하시려오?"

솔직히 말해 저는 늦은 밤 그 시간에 한잔하고 싶은 생각이 없었습니다. 더욱이 알지 못하는 백인하고는, 그게 누가 됐든 말입니다. 올랜도행 기차를 타야 하기도 했고요.

"아시겠지만 우리 흑인들은 열한 시까지는 돌아가야 합니다."

"얼마 안 걸릴 텐데요 뭐. 내가 사는 아파트가 요 근처예요. 아프리칸스어* 할 줄 아나요?"

"어릴 적부터 했죠."

저는 아프리칸스어로 말했습니다.

"그럼 우리 아프리칸스어로 이야기하죠. 내 영어는 별로라서. 난 반 렌즈버그입니다. 노형은?"

제 이름을 차마 말할 수 없었습니다. 그래서 이름이 바칼리사고 올랜도에 산다고 했지요.

"바칼리사? 그런 이름 처음 들어 보네요."

그 친구는 그렇게 말하면서 걸음을 떼었는데 저는 따라가고는 있었지만 내키지 않았습니다. 곧 아시겠지만 저는 그게 문제였습니다. 딱 잘라 말하지 못하는 성격 말입니다. 우리는 딱히 나란히 걸어간 것도, 그렇다고 그 친구가 저보다 앞서 걸어간 것도 아니었습니다. 저랑 같이 걸어가는 것에 신경 쓰는 눈치는 아니었지요. 누가 볼까 두리번거리지도 않았습니다.

그 친구가 제게 물었습니다.

"내가 하고 싶었던 게 뭔지 아세요?"

"아뇨."

"서점을 하고 싶었어요. 아까 그런 서점 말이에요. 오래전부터 늘 그런 걸 하고 싶었죠. 어렸을 때는 나도 조그만 책방을 하나 가지고 있었습니다."

그 친구는 허탈하게 웃었습니다.

"어떤 책은 진짜였고, 어떤 책은 내가 직접 쓴 거였죠. 하지만 운이 나빴습니다. 학교도 마치기 전에 부모님이 돌아가셨으니까."

그러고는 제게 이렇게 물었습니다.

"학교는 다녔나요?"

"예."

---

• 녹록하지 | 만만하고 상대하기 쉽지.
• 아프리칸스어 | 남아프리카공화국에서 공용어로 사용되는 네덜란드어.

저는 내키지 않은 기분으로 대답했지요. 그렇게 대답하고는, 이런 바보 같으니, 또 물어볼 여지를 주다니, 하고 생각했습니다. 아니나 다를까 그는 또 물었습니다.

"많이요?"

"많이요."

또 내키지 않은 기분으로 대답했습니다.

그 친구가 이번에는 대뜸 이렇게 묻더군요.

"대학도?"

"예."

"문학을 했나요?"

"예."

그 친구는 한숨을 쉬더니 "아!" 하며 긴 탄성을 내질렀습니다.

얼마 후 그 친구가 사는 마조르카 맨션 건물에 도착했습니다. 부잣집 동네는 아니었죠. 현관 입구에 사람이 보이지 않아 다행이었습니다. 하지만 마음은 편치 않았습니다. 저는 그런 장소에서는 마음이 편하지 않습니다. 저를 보호해 줄 친구들이 곁에 없기 때문이지요. 더군다나 전혀 모르는 사람과 함께 있었으니까요. 엘리베이터는 1층에 있었는데 '백인 전용'이라는 표시가 되어 있었습니다. 문이 열리자 그는 제게 타라는 손짓을 하더군요. 어쩔 수 없어서 그랬던 걸까요. 오늘까지 그걸 모르겠습니다. 엘리베이터가 어서 1층을 떠나도록 그 친구가 닫힘 단추를 누르기를 기다렸지만, 그 친구는 손가락을 단추 위에 올려놓고만 있었습니다. 그러고는 저를 부러워하는 표정으로 바라보았습니다.

"노형은 운이 좋았군요. 나도 문학을 하고 싶었어요."

그 친구가 말했습니다.

그 친구는 고개를 내저으며 단추를 눌렀습니다. 그런 다음에는 엘리베이터가 높은 층에 멈출 때까지 입을 열지 않았습니다. 하지만 내리기 전에 느닷없이 이렇게 말하더군요.

"내가 서점을 했더라면 나도 그 친구의 조각품을 전시했을 겁니다."

우리는 엘리베이터에서 내려 반질반질 윤이 나는 콘크리트 복도를 따라갔습니다. 이런 복도가 그렇게 높은 곳에 있지 않다면 아마 포치°라고 볼 수도 있겠지만, 여기에서는 그냥 복도라고 해 두죠. 한쪽은 벽이었지만 상쾌한 공기를 마음껏 마실 수 있었습니다. 저 아래로는 본 브랜디스 거리가 내려다보였습니다. 다른 한쪽에는 출입문들이 있었는데 어쩐지 사람 사는 집의 문들 같지는 않았습니다. 라디오 소리, 사람들이 이야기하는 소리 등이 들려왔지만, 사람은 하나도 보이지 않더군요. 저는 높은 곳에서 살고 싶지 않습니다. 우리 아프리카 사람들은 땅 가까이에서 사는 걸 좋아하죠. 반 렌즈버그는 어느 집 문 앞에 서더니 이렇게 말했습니다.

"잠깐이면 됩니다."

---

° 포치(porch) | 양식 건축물의 문간 앞에 지붕이 있는 부분.

그러고는 문을 열어 놓은 채 안으로 들어가더군요. 안에서 사람들의 목소리가 들렸습니다. 저는 생각했죠. 아마 누가 밖에 와 있다고 말하는 것이리라고. 그러고는 1, 2분이 지났을까. 그 친구가 붉은 포도주가 담긴 술잔을 두 개 들고 문밖으로 나왔습니다. 따뜻한 미소를 지으면서요.

"미안해요. 브랜디가 없군요. 포도주뿐이에요. 자, 건배."

그런데 저는 복도에서 술을 마시게 될 줄은 정말 몰랐습니다. 선생께서는 아실 만한 것을 저는 몰랐던 것입니다. 사람이 사는 집 같아 보이지 않는 그 출입문 가운데 하나를 누가 언제 열고 나와 '백인'의 건물에 들어와 있는 저를, 또 저와 반 렌즈버그가 이 나라의 음주법을 위반하고 있는 것을 보게 될지도 모른다는 생각이 들었습니다. 차라리 화를 냈더라면 그 모든 당황스러운 상황에서 벗어날 수도 있었겠지만, 아시다시피 저는 쉽게 화를 내는 사람이 못 됩니다. 화를 낼 수 있었다 하더라도, 막상 그 친구에게는 화를 내기가 어려웠을 겁니다. 저는 그곳을 벗어나고 싶었지만 그러지 못했습니다. 제가 백인에 대해 나쁜 말을 하면 어머니가 늘 하던 말이 있었지요.

"얘야, 그런 식으로 말하지 마라. 너답지 않다."

어머니는 누군가가 복도에서 제게 술을 주었다 하더라도, 제가 그것을 받은 이유를 금방 이해했을 것입니다.

반 렌즈버그가 제게 물었습니다.

"이 시멀레인이라는 사람을 아나요?"

"말은 들었습니다."

제가 말했죠.

"만나 보고 싶어요. 이야기해 보고 싶습니다."

그러고는 그는 이렇게 덧붙였습니다.

"마음을 터놓고 이야기해 보고 싶어요."

그때 쉰 살쯤 보이는 여자가 건너편 방에서 비스킷 한 접시를 가지고 나왔습니다. 그 여자가 미소를 지으며 고개를 숙여 제게 인사를 하더군요. 저는 비스킷 하나를 집어 들었죠. 하지만 이 세상 돈을 다 준다고 해도 아무렇지도 않게 그 여자에게 고맙단 말을 할 수는 없었습니다. 그 여자의 언어가 아프리칸스어인데 굳이 영어로 말을 하고 싶지도 않았고요. 그래서 저는 좀 위험하긴 했지만 아프리칸스어로 부인에 대한 경칭인 '메브루'라는 말을 사용했습니다. 흑인이 그 말을 잘못 사용했다가는 백인들에게 두들겨 맞는 수도 있지요. 하여간 저도 웃음을 짓고 고개를 숙이며 고지방 아프리칸스어로 "에크 이즈 우 단카르, 메브루."*라고 말했습니다.

아무도 저를 때려눕히지는 않더군요. 여자는 미소를 지으며 고개를 숙였고, 반 렌즈버그는 부자연스러운 목소리로 느닷없이 말했습니다.

---

* "부인 대단히 감사합니다."라는 말에 해당하는 아프리칸스어로, 대단히 정중한 표현. - 옮긴이 주

"우리나라는 아름다워요. 하지만 그게 마음을 아프게 해요."

여자는 그의 팔에 손을 얹고 말했습니다.

"재니, 재니."

그러자 비슷한 나이로 보이는 다른 여자와 남자가 나와 반 렌즈버그 뒤에 섰습니다.

"이 사람 대학 나왔어요. 어떻게 생각하세요?"

반 렌즈버그가 그 사람들에게 말했습니다.

첫 번째 여자가 미소를 지으며 다시 제게 고개를 숙였고, 반 렌즈버그는 슬픈 일이라는 듯이 말했습니다.

"브랜디를 주고 싶었는데, 포도주밖에 없어요."

두 번째 여자가 말했습니다.

"생각이 난다, 재니. 이리 오렴."

여자가 방 안으로 들어가자 그가 뒤따라갔습니다. 첫 번째 여자가 제게 말했습니다.

"재니는 착해요. 이상한 데가 있긴 하지만 마음은 착해요."

저는 이 모든 일이 황당했고 더 이상 감당하기 힘들다고 생각했습니다. 아들이 착하다는 것을 증명하려고 낯선 흑인을 세워 놓는 것이며, 이들 백인들이 복도에 있는 저를 바라보고 서 있는 상황 말입니다. 어떻게든 저를 감동시키고 싶은데, 어떻게 해야 좋을지 모르겠다는 태도였습니다. 하지만 제게 미소를 지으며 고개를 숙여 인사했던 여자는 자못 진지했습니다. 그래서 그 여자에게 말했죠.

"저도 그걸 알겠습니다, 메브루."

"저 애는 매일 밤 그 조각을 보러 간답니다."

그 여자가 말했습니다.

"그처럼 아름다운 걸 만들 수 있는 건 신뿐이래요. 그러니까 그것을 만든 사람에게는 신이 깃들어 있을 거라는군요. 그래서 그 사람을 만나 속마음을 이야기하고 싶어 해요."

그 여자는 고개를 돌려 방 쪽을 보았습니다. 그러고는 목소리를 약간 낮추어 제게 말하더군요.

"모르시겠어요? 그 조각이 흑인 모녀이기 때문이라는 걸?"

저는 그 여자에게 말했습니다.

"저도 그걸 알겠습니다, 메브루."

그 여자는 남자를 돌아보고 저에 대해 말했습니다.

"착한 사람이에요."

그때 다른 여자가 반 렌즈버그와 함께 돌아왔습니다. 반 렌즈버그는 브랜디 한 병을 들고 있더군요. 그는 미소를 짓고 있었고, 기분이 좋아 보였습니다. 그가 제게 이렇게 말했습니다.

"이건 보통 브랜디가 아니에요. 프랑스산입니다."

그는 제게 술병을 보여 주었습니다. 저는 그 자리를 한시라도 빨리 벗어나고 싶은 마음에 안달하면서 병을 보았습니다. 코냑이더군요. 그는 남자에게 돌아서서 말했습니다.

"아저씨, 생각나세요? 아저씨가 아팠을 때 말이에요. 의사 말이 좋은 브랜디를 마셔야 한다고 했잖아요. 술집 주인이 이게 세계에서 제일 좋은 브랜디라고 했어요."

"가 봐야겠습니다. 기차를 타야 해서요."

제가 말했습니다.

"내가 역까지 바래다줄게요. 걱정 말아요."

그가 말했습니다.

그 친구는 제게 한 잔을 따라 주고 자기 잔에도 한 잔 따랐습니다.

"아저씨, 한잔하시겠어요?"

그 친구가 물었습니다. 그러자 나이 든 사람이 말했습니다.

"뭐, 상관없겠지."

그 사람은 술잔을 가지러 안으로 들어갔습니다.

반 렌즈버그가 '건배'라고 하면서 술잔을 제게 들어 올렸습니다. 좋은 브랜디였습니다. 마셔 본 술 가운데 최고였지요. 하지만 저는 정말 그 자리를 벗어나고 싶었습니만 복도에 서서 반 렌즈버그가 따라 준 브랜디를 마셨습니다. 그때 아저씨라는 사람이 자기 잔을 가지고 나왔습니다. 반 렌즈버그가 브랜디 한 잔을 그 사람에게 따라 주었고, 아저씨라는 사람도 저를 향해 잔을 들어 올렸습니다. 우리는 모두 서로에 대한 호의로 가득 차 있었지만, 그 비인간적인 문들 가운데 혹시 어떤 문이 열리지나 않을까 하는 생각이 저를 조바심치게 했습니다. 모르긴 몰라도 그들 역시 마찬가지였을 것입니다. 하긴 누군가를 감동시키고 싶은 마음이 강할 때는 그런 게 상관없을지도 모릅니다. 하지만 저는 올랜도에서 술을 마실 때처럼 제 잔을 재빨리 들이켰습니다.

"가 봐야겠습니다."

제가 말했습니다.

"내가 역까지 바래다줄게요."

반 렌즈버그가 말했습니다. 그 친구는 자기 술잔을 다 비웠고, 저도 제 술잔을 다 비웠습니다. 우리는 술잔을 아저씨라는 사람에게 건네주었습니다. 그 사람은 제게 잘 가라고 인사했습니다. 첫 번째 여자가 행운을 빈다는 말을 했고, 다른 여자는 고개를 숙이면서 미소를 지었습니다. 그러고 나서 반 렌즈버그와 저는 엘리베이터를 타고 지하층으로 내려와 차를 탔습니다.

"내가 역까지 바래다준다고 했잖아요. 집까지 바래다주고 싶지만, 밤에 올랜도에 가는 건 겁이 나서."

우리는 엘룹 거리까지 갔습니다. 그때 그가 물었습니다.

"내 말이 무슨 말인지 알겠어요?"

그가 무엇인가에 대해 대답을 듣고 싶어 한다는 것을 깨달았습니다. 저는 대답을 하고 싶었지만, 그 무엇인가가 어떤 것인지 알지 못했기 때문에 대답을 할 수 없었습니다. 밤에 올랜도에 가는 게 겁난다는 말에 대한 건 아니었을 겁니다. 그렇다고 그 이상의 무슨 뜻이 있었겠습니까만.

"뭐가 겁이 난단 말입니까?"

제가 물었습니다.

"알죠? 우리나라가 아름다운 나라라는 걸."

그래요. 저는 무슨 뜻인지 알 수 있었습니다. 그가 저까지 감동시키고 싶어 안달한다는 것을, 하지만 그러지 못하고 있다는 것을 알았죠. 그는 오랜 세월 어둠 속에 살며 눈이 멀어 버렸던 것입니다. 안됐다는 생각이 들었습니다. 사람들은 서로를 감동시키지 못하면 언젠가는 서로에게 상처를 입히게 마련이니까요. 그가 볼 것을 보지 못하고, 제 마음을 움직이지 못하는 것은 안된 일이었습니다. 흑인은 이제 백인의 마음을 움직이지 못합니다. 우연한 경우를 제외하고요. 가령 〈아프리카의 모녀〉 조각상 같은 것을 만들 때 말이지요.

그가 제게 물었습니다.

"뭘 생각해요?"

저는 말했습니다.

"여러 가지요."

그렇게 말해 놓고 저는 그 애매한 표현 때문에 마음이 아팠습니다. 왜냐하면 그가 제게 뭔가를 원하고 있다는 것을 알았기 때문입니다. 저는 그가 다시 풀이 죽고 화나고 상처받아 절망을 느끼고 있다고 느꼈습니다. 하지만 정확한 그의 마음은 알 수 없었습니다. 그는 기차역 정문 앞에 차를 세웠습니다. 저는 제가 정문으로는 들어갈 수 없다는 말을 하지 않고, 차에서 내려 그에게 말했습니다.

"오늘 저녁 여러 가지로 고마웠습니다."

"노형이 와 줘서 식구들도 좋아했습니다. 그렇게 느꼈죠?"

그가 말했습니다.

"네, 그렇게 느꼈습니다."

그는 이해할 수 없고 해결할 수 없는 슬픔의 짐을 진 사람처럼 구부정하게 앉아 있었습니다. 저는 그를 감동시키고 싶었지만, 기차에 대해 생각하고 있었습니다. 우리는 서로 상대방에게 인사했습니다. 그는 잘 가라고 말했고, 저도 그렇게 말했습니다. 그가 무슨 생각을 하고 있었는지는 모르지만, 저는 그가 무쇠 신발을 신고 달리기 경주를 하려는 사람 같다는 생각을 했습니다. 자기가 왜 움직일 수 없는지 이해하지 못한 채로 말입니다.

올랜도로 돌아와서 아내에게 지금까지 있었던 일을 이야기하자 아내는 울었습니다.


우리는 한동안 아무 말도 하지 않았다. 이윽고 내가 말했다.

"천사라도 울 겁니다."

"울지 말아요. 그 이야기를 쓰세요."

그가 다시 한 번 진지하게 말했다.

"쓰세요. 그러면 나아질지도 몰라요."

그리고 나서 한참 뒤에 그가 내게 말했다.

"우리가 서로 감동시킬 수 있다고 생각하나요? 당신네들과 우리가 서로? 아니면 너무 늦은 건가요?"

하지만 나는 그에게 아무 대답도 하지 않았다. 희망을 가질 수도 있고 두려워할 수도 있으나, 정말은 아무것도 알 수 없었기 때문이었다.

1 백인은 왜 시멀레인을 초대했나요?


2 백인의 행동 중에서 동기는 우호적인데, 결과적으로 시멀레인에게 불편함을 느끼게 한 행동은 무엇인가요?


3 소설 속 사회에서 흑인에 대한 사회적 분위기는 어떠한가요? 흑인에게 공정하지 못한 점을 찾아보세요.


4 시멀레인의 아내는 왜 울었을까요?

이 소설은 이야기 속에 또 하나의 이야기가 들어 있는 액자식 구성을 취하고 있다. 시멀레인은 남아프리카공화국 전국조각대회에서 최우수상을 받은 흑인 조각가다. 소설을 간단히 요약하면 다음과 같다.

  길에서 우연히 만난 백인이 '나(시멀레인)'에게 술을 같이 마시자며 집으로 데려간다. 그는 시멀레인의 작품을 보고 감동해서 자기가 흑인을 좋아하고 있다는 걸 보여 주고 싶어 한다. '나'는 낯모르는 백인의 집에 가는 것이 영 내키지 않았지만, 본인이 시멀레인임을 밝히지 못한 채 거절하지 못하고 따라간다. 그런데 그 백인은 '나'를 집 안에 들이지 않고 복도에 세워 놓은 채 술 한 잔을 대접한다. '나'는 이런 상황이 당황스럽고 불편하다. 흑인은 백인 전용 공간에 들어갈 수 없는데 복도는 다른 사람들의 눈에 띄기 쉬워 위험하기 때문이다. 백인의 가족들은 흑인에게 호의를 갖고 대하는 그를 착하고도 이상한 사람이라고 말한다. 그러나 '나'의 입장과 마음을 이해해 주는 사람은 없다. '나'는 흑인들의 거주지로 가는 기차 시간을 간신히 맞춰 집으로 돌아간다.
  아내는 '나'가 겪은 이야기를 듣고 눈물을 흘린다. 흑인이 백인과 같은 인간으로서 존중받을 수 있는 날은 언제 올까?

  작가는 이 글을 통해 1960년대 남아프리카공화국의 현실을 고발하는 동시에, 사람과 사람이 관계를 맺는 자세에 대해서 말하고 있다. 사람이 서로 감동을 줄 수 있으려면 상대의 입장을 이해하고 배려해야 한다. 생각해 보자. 흑인을 감동시키고 싶어 하는 백인은 어떻게 해야 했을까? 시멀레인은 왜 백인이 무쇠 신발을 신고 달리기 경주를 하려는 사람 같다고 생각했을까?

# 아버지의
## 결혼 승낙 Marriage Is a Private Affair

### 치누아 아체베 지음

#### 이영석 옮김

## 치누아 아체베 Chinua Achebe (1930~2013) ·····························

나이지리아 남동부의 이그보족 마을인 오기디에서 태어나 대학 시절에 이미 소설을 쓰기 시작했다. 졸업 후 방송국에서 일하다가 아프리카 제2의 도시인 라고스에 정착했다. 첫 소설 〈모든 것이 산산이 부서지다〉는 현대 아프리카 문학에서 가장 대중적인 작품으로 손꼽힌다. 그는 세계의 여러 종교와 아프리카의 전통문화에 관심이 많으며, 서아프리카의 미래를 위해서는 아프리카인 스스로 역사와 유산의 가치를 이해하고, 부정과 부패를 추방할 수 있는 도덕규범을 지녀야 한다고 생각한다. 대표작으로 〈신의 화살〉, 〈그들의 남자〉 등이 있으며, 나이지리아 남동부의 이그보족 사회의 전통과 기독교의 영향, 그리고 식민지 시대와 그 후의 가치 충돌 등을 주제로 하고 있다.

"아버님한테 편지 썼어요?"

네네가 은나에메카에게 물었다. 어느 날 오후 라고스의 카상가 16가에 있는 그녀의 방에서였다.

"아니, 지금 생각 중이야. 휴가 때 집에 가서 이야기하는 게 낫지 않을까 생각하고 있어!"

"왜요? 당신 휴가는 아직 많이 남았는데. 6주나 남았잖아요. 하루빨리 아버님을 기쁘게 해 드려야지요."

은나에메카는 잠시 침묵했다. 그리고 단어를 하나하나 떠올리며 천천히 말을 이어 갔다.

"나도 이 일이 아버지에게 기쁨이 된다고 확신할 수 있으면 좋겠어."

"당연히 그래야죠. 왜 그러지 못할 거라고 생각해요?"

네네가 조금 놀라면서 대답했다.

"당신은 평생 라고스에 살았잖아. 그래서 멀리 시골에 사는 사람들을 잘 몰라."

"그거야 당신이 늘 하던 이야기잖아요. 어쨌든 아들이 결혼을 약속했다는데 행복해 하지 않을 만큼 사람이 다를 수는 없다고 생각해요."

"그렇지 않아. 어른들은 대개 자신이 주선하지 않은 약혼을 달가워하지 않아. 게다가 우리 경우엔 당신이 이보족이 아니라 더 나쁘다고 할 수 있어."

그의 말이 무척 진지했기 때문에 네네는 바로 대답할 수가 없었다. 그녀는 도시의 국제적인 분위기 속에 살다 보니 출신 부족에 따라 어떤 사람의 결혼 상대가 결정될 수 있다는 이야기를 늘 우스갯소리로 받아들여 왔다.

"아버님께서 바로 그런 이유만으로 당신과 내가 결혼하는 것을 반대할 것이라고 생각한다는 건 아니죠? 내 생각으로는 당신네 이보족은 늘 다른 사람들에게 친절했거든요."

"그랬지. 그렇지만 결혼에 대해서는 글쎄, 일이 그렇게 간단치가 않아."

그가 덧붙여 말했다.

"그리고 이런 것은 특별히 이보족만 그러는 것도 아니야. 당신 아버지가 돌아가시지 않고 이비비오 지역의 중심지에 살고 계시다면, 그분도 우리 아버지와 꼭 같으실 거야."

"모르겠어요. 아무튼 당신 아버지는 당신을 좋아하잖아요. 그러니 당신을 너그럽게 봐줄 거예요. 이리 와서 착한 아들이 되어 멋지고 사랑스런 편지를 보내세요."

"아무래도 편지로 소식을 전하는 것은 현명한 일이 아닌 것 같아. 편지로 알게 되면 충격을 받으실 거야. 분명히 그래."

"좋아요, 마음대로 하세요. 당신이 당신 아버지를 더 잘 알겠지요."

그날 저녁 은나에메카는 집으로 걸어오면서 마음속으로 아버지의 반대를 극복하는 여러 방법을 생각해 보았다. 더구나 아버지가 아들을 위해 직접 아가씨를 구했다지 않은가. 사실 은나에메카는 네네에게 아버지의 편지를 보여 줄까 생각하기도 했다. 하지만 생각을 바꾸어 그러지 않기로 했다. 최소한 당장은 보여 주지 않기로 했던 것이다. 은나에메카는 집에 도착해서 다시 아버지의 편지를 읽으며 혼자 미소 짓지 않을 수 없었다. 그는 우고예를 기억했다. 그 애는 자신을 포함한 남자아이들을 때리고 다니던 난폭한 여자아이였다.

너한테 잘 어울리는 아가씨를 찾았단다. 우리 이웃 야콥 은웨케의 맏딸인 우고예 은웨케 말이다. 기독교 교육도 적당히 받았더구나. 몇 년 전 학교를 중퇴했을 때, 그 아이의 아버지가(생각이 건전한 사람이지.) 어떤 목사의 집에서 살도록 했는데, 거기서 애가 결혼을 앞둔 여자한테 필요한 교육을 모두 받았어. 주일학교 선생님 말로는 성경도 아주 유창하게 읽는단다. 12월에 네가 집에 오거든 상의를 하면 좋겠다.

라고스에서 돌아온 이튿날 저녁 은나에메카는 아버지와 함께 계피나무 그늘에 앉았다. 그곳은 12월의 따가운 태양이 지고, 나무 잎사귀들 사이로 신선한 바람이 불어오면 아버지가 성경을 읽으러 가던 아버지의 은둔처 같은 곳이었다.

"아버지."

은나에메카가 아버지에게 다가가 말했다.

"저는 용서를 빌러 왔습니다."

"용서라고? 무엇에 대해서 말이냐?"

아버지가 놀라 물었다.

"결혼 문제에 대한 것입니다."

"결혼 문제?"

"저는 아버지 말씀을 따를 수가 없어요. 그러니까 제 이야기는 우고예와 결혼하는 게 불가능하다는 것입니다."

"불가능하다? 왜지?"

아버지가 물었다.

"저는 그 애를 사랑하지 않아요."

"아무도 네가 그 애를 사랑한다고 말하지 않았어. 왜 그래야 되는 거야?"

"요즘 결혼은 다릅니다."

"내 말 좀 들어 봐라."

아버지가 말을 가로챘다.

"다를 거 없다. 아내감으로 살펴야 되는 것은 성격이 좋은지 기독교인인지 하는 것이면 되는 거야."

은나에메카는 아버지와 계속 이야기해 봤자 별 희망이 없다고 생각했다.

"사실 저는 우고예가 지닌 자질을 두루 갖춘 다른 아가씨와 약혼을 했습니다."

아버지는 자신의 귀를 믿을 수가 없었다.

"뭐라고 말했느냐?"

아버지가 당황스러워 하며 물었다.

"착한 기독교인이에요."

은나에메카는 말을 이었다.

"그리고 라고스에 있는 여학교의 교사입니다."

"교사라고 했느냐? 애야, 네가 좋은 아내의 자질을 잘 모르는구나. 기독교인 여성은 가르치지 않아야 한다는 것을 말이야. 사도 바울도 고린도서에서 여자는 과묵해야 한다고 했거든."

아버지는 자리에서 일어나 앞으로 뒤로 천천히 왔다 갔다 했다. 이것은 아버지가 좋아하는 주제였다. 그는 여자들에게 학교교육을 받도록 하는 교회 지도자들을 격렬하게 비난했다. 아버지는 장황한 설교에 힘을 다 쏟은 다음에야 아들의 약혼 문제로 돌아왔다.

"아무튼 그 아가씨는 누구의 딸이냐?"

겉으로는 부드러운 목소리였다.

"네네 아탕입니다."

"뭐라고!"

아버지의 부드러운 말투는 다시 완전히 사라졌다.

"네네 아탕이라고 했느냐? 그게 누구지?"

"칼라바르의 네네 아탕입니다. 제가 결혼하고 싶은 유일한 아가씨입니다."

은나에메카는 재빨리 대답하고 천둥이 내리치기를 기다렸다. 하지만 천둥은 치지 않았다. 아버지는 그냥 자신의 방으로 걸어가 버렸다. 가장 피하고 싶었던 일이 벌어졌고, 은나에메카는 당황했다. 아버지의 침묵은 무서운 말씀의 홍수보다도 훨씬 위협적이었던 것이다. 그날 밤 아버지는 아무것도 먹지 않았다.

다음 날 아버지는 은나에메카를 불러서는 온갖 수단을 동원해 아들의 마음을 돌리려고 했다. 하지만 은나에메카의 마음은 굳건했고, 아버지는 결국 포기하고 말았다.

"아들아, 나는 네게 무엇이 옳고 그른지를 보여 줄 의무가 있다. 누구든 네 머릿속에 그런 생각을 집어넣은 자는 네 목을 자른 사람이나 마찬가지야. 그건 사탄의 소행이란 말이다."

아버지는 아들을 몰아붙였다.

"아버지, 네네를 보시면 마음이 바뀌실 거예요."

"나는 결코 그 아이를 보지 않겠다."

그날 밤 이후 아버지는 아들에게 말을 걸지 않았다. 하지만 그는 아들이 자신이 나아가고 있는 곳이 얼마나 위험한 곳인지 깨닫기 바라는 마음만은 버리지 않았다. 그는 낮이나 밤이나 아들을 위해 기도했다.

은나에메카도 아버지의 슬픔 때문에 깊이 상처를 받았다. 그는 아버지의 슬픔이 빨리 사라져 버리기를 희망했다. 자기 부족의 역사에서 지금까지 다른 언어를 말하는 여인과 결혼한 남자가 없었다는 것을 생각했더라면 희망을 덜 가졌을지 모를 일이었다.

"그런 일은 없었어."

몇 주 후의 일을 예언하는 원로가 의견을 내놓았다. 그 원로는 말 한마디로 자기 부족의 모든 것을 이야기했다. 이따금 오케케의 아들 소식이 나돌 때면 다른 사람들과 함께 나타나서 오케케를 위로하기도 했다. 그 무렵 은나에메카는 이미 라고스로 돌아가고 없었다.

"그런 일은 들은 바가 없어."

원로는 다시 한 번 애석한 듯 고개를 흔들며 말했다.

"주님께서는 뭐라고 말씀하셨나요? 아이들은 아버지에 맞서면서 크는 법이라고 성경에 있기는 하지요."

다른 어른이 물었다.

"그것은 종말의 시작이지요."

또 다른 어른이 말했다.

이렇게 토론이 신학적으로 흘러가자, 굉장히 현실적인 사람인 마두보그우가 다시 대화를 일상으로 돌려 분위기를 진정시켰다.

"아들에 대해 토박이 의원에게 자문을 구할 생각은 해 보셨나요?"

마두보그우가 은나에메카의 아버지에게 물었다.

"그 아이는 아픈 게 아니에요."

아버지가 대답했다.

"그러면 왜 그런 거죠? 아들의 마음에 병이 든 거예요. 좋은 약초 전문가만이 제정신으로 돌릴 수 있습니다. 아들에게 필요한 약은 아말릴레입니다. 여인들이 남편의 바람기를 바로잡으려 할 때 효과를 보는 바로 그 약이지요."

"마두보그우 말이 맞습니다. 이번 일에는 약이 필요해요."

다른 어른이 말했다.

"의원을 부르지는 않을 거요."

은나에메카의 아버지는 이런 일에 있어 미신을 믿는 이웃들보다는 생각이 훨씬 앞서 있었다.

"오추바 부인처럼 하지는 않을 겁니다. 내 아들이 자살하겠다면, 그러라고 할 거예요. 나는 그 아이를 어쩌지 않을 거요."

"하지만 그건 그녀의 실수였어요. 제대로 된 약초 전문가에게 가야 했지요. 똑똑한 여자였는데, 그런 실수를 하게 된 거예요."

마두보그우가 말했다.

"그 여자는 못된 살인자였어요."

이웃 사람들과는 말이 통하지 않는다며, 좀처럼 입을 열지 않던 조나단이 말했다.

"그 약은 남편을 위해 준비했던 거예요. 준비할 때 남편의 이름을 말했거든요. 그녀의 남편이 그 약을 먹었으면 바람기가 사라졌을 거라고 확신해요. 하지만 그녀는 그 약의 효험을 실험하려고 그것을 약초 전문가의 음식에 넣었던 거지요. 약의 원리도 모르고 남편에게 먹일 약을 엉뚱한 사람에게 먹여 죽게 한 거죠. 그러니 약을 써 보겠다고 하세요."

여섯 달 후 은나에메카는 아버지가 보낸 편지를 자신의 젊은 아내에게 보여 주었다.

나한테 네 결혼사진을 보낼 정도로 냉정할 수 있다는 게 놀랍구나. 사진을 그대로 되돌려 보내야겠다 싶었지만 생각을 바꾸어 네 아내만 잘라 돌려보낸다. 그 아이와 나는 아무 관계가 없으니까 말이다. 내가 어떻게 너와도 인연이 없기를 바라겠느냐.

네네는 편지를 읽고 토막 난 사진을 보았다. 그녀의 눈에 눈물이 가득했다. 마침내 그녀가 흐느끼기 시작했다.
"울지 마, 여보. 아버지는 원래 성품이 좋은 분이야. 언젠가 친절하게 우리 결혼사진을 바라보실 날이 있을 거야."
하지만 세월이 흘러도 그런 날은 오지 않았다.
8년 동안 오케케는 아들 은나에메카를 만나지 않았다. 꼭 세 번 (은나에메카가 집으로 가서 휴가를 보내겠다고 했을 때) 편지를 썼을 뿐이다.

나는 너를 내 집에 받아들일 수가 없다. 네가 언제 어디서 휴가를 보내는지는 내 관심사가 아니다. 네 인생에 대해서도 마찬가지다.

은나에메카의 결혼에 대한 선입견은 작은 고향 마을에 국한된 것이 아니었다. 하지만 라고스, 특히 그곳에 살고 있는 같은 부족들 사이에서 그 선입견은 좀 다른 모습으로 나타났다. 여인들은 이따금 마을 모임 같은 데서 만나면 네네에게 마냥 적대적이지만은 않았다. 그들은 오히려 그녀 스스로 그들과는 다른 사람으로 느끼게 하려는 듯 과도한 존경을 보였다. 하지만 세월이 흐르면서 네네는 점차 이런 선입견을 허물어 갔다. 사람들은 이제 내키지 않아도 그녀가 다른 사람들보다 더 나은 가정을 꾸리고 있다고 인정하기 시작했다.

이렇게 해서 은나에메카와 그의 아내가 가장 행복한 부부라는 이야기는 이보족의 작은 마을까지 전해졌다. 하지만 그의 아버지는 그런 이야기에 대해 아무것도 모르는 몇 사람 중 한 명이었다. 아들 이름만 나오면 바로 화를 내기 때문에 사람들은 그가 있을 때면 이야기를 피했다. 그는 엄청난 노력으로 마침내 아들을 마음 밖으로 밀어내는 데 성공했던 것이다. 그의 가문에서 아들은 죽은 거나 다름없었고, 그는 굳건히 지켜 냈다. 그리고 이겼다.

그러던 어느 날 아버지는 네네가 보낸 한 통의 편지를 받았다. 그는 건성으로 편지를 읽어 갔다. 그러다 갑자기 그의 얼굴 표정이 바뀌더니 아주 주의 깊게 편지를 읽기 시작했다.

저희의 두 아들이 할아버지가 계시다는 것을 안 뒤로 데려가 달라고 떼를 쓰고 있어요. 할아버지께서 너희를 보려 하지 않는다고 말할 수가 없어요. 제발 다음 달에 있는 은나에메카의 휴가 때 잠시 아이들을 데리고 가도록 허락해 주세요. 저는 여기 라고스에 남아 있겠습니다.

늙은이는 순간 자신이 여러 해 동안 쌓아 온 결의가 무너져 내리는 것을 느꼈다. 그는 절대로 항복해서는 안 된다고 되뇌었다. 감상적인 호소에 맞서 마음을 다잡으려 했다. 하지만 그것은 또 다른 마음의 갈등을 만들 뿐이었다. 그는 창문에 몸을 기대고 밖을 내다보았다. 하늘은 짙은 먹구름으로 뒤덮여 있었고, 먼지와 낙엽을 실은 강한 바람이 불어왔다. 인간의 삶에 자연이 끼어드는 드문 경우였다. 금방 비가 내리기 시작했다. 올해 처음 내리는 비였다. 빗방울은 따가울 정도로 굵게 떨어졌고, 계절의 변화를 알리는 번개와 천둥을 동반했다. 오케케는 두 손자를 생각하지 않으려고 애썼다. 하지만 그는 지금 자신이 이기지 못할 싸움을 하고 있다는 것을 알고 있었다. 즐겨 부르는 찬송가를 흥얼거려 보았지만, 지붕 위에 떨어지는 빗방울 소리에 음정이 흩어져 버렸다. 마음은 바로 아이들에게 돌아왔다. 어떻게 아이들을 향한 생각의 문을 닫을 수 있을까? 호기심 어린 마음의 변화로 그는 어느새 손자들이 자신의 집 밖으로 내쫓겨 거센 비바람 속에 슬픈 표정으로 서 있는 모습을 상상했다.

그날 밤 그는 거의 잠을 이루지 못했다. 손자들을 받아들이지 못하고 죽을지도 모른다는 막연한 두려움과 후회 때문이었다.

:: 생각 나누기


1 이 소설의 배경이 되는 사회의 독특한 문화를 찾아보세요.


2 아버지는 왜 아들이 결혼하고자 하는 여자를 반대했나요?


3 현재 은나에메카와 네네의 결혼 생활은 어떠한가요?


4 소설의 마지막 부분에서, 아버지는 왜 고민하나요?


5 아버지가 어떤 선택을 할 것이라고 생각하나요? 왜 그렇게 생각
  하나요?

이 이야기는 매우 친숙하다. 부모의 완강한 반대에도 사랑을 선택하는 젊은 이들을 드라마에서 얼마든지 볼 수 있기 때문이다. 드라마가 아닌 주변에서도 비슷한 경우를 보게 되는 걸 보면 흔한 일이긴 한 모양이다.

은나에메카의 아버지가 아들의 결혼을 완강하게 반대하고 자식과의 인연을 끊고 사는 이유는 뭘까? 아들의 행복을 바라면서 왜 이렇게 고집을 부리는 걸까?

아버지는 처음에 네네가 지나치게 교육을 많이 받은 여자라는 이유로 탐탁지 않게 생각한다. 그러나 결정적으로 반대하게 된 것은 네네가 같은 이보족이 아니라는 것을 알게 된 이후다. 반대하는 이유를 늘어놓던 아버지는 네네가 다른 부족이라는 말을 듣고 그만 입을 다물어 버린다. 이보족의 전통을 깨어 버린 아들을 아버지는 8년 동안이나 보지 않고 버틴다. 하지만 소설의 마지막 부분에서 손자들 때문에 마음이 흔들리는 아버지가 아들, 며느리와 화해할지도 모른다는 희망을 엿볼 수 있어 한편으론 마음이 놓인다.

외부의 간섭 때문에 급격한 사회 변화를 겪을 수밖에 없었던 사회에서는 이런 세대 간의 갈등이 더 심각할 수밖에 없다. 아버지를 이해할 수 없는 인물이라고 젖혀 두기 전에 아버지에게 그 전통이라는 것이 얼마나 소중한 것인지, 타의에 의해 자신이 믿어 왔던 모든 것이 흔들릴 때 어떤 심정일지를 한번 생각해 봐야 할 것 같다.

이 글의 작가 치누아 아체베의 다른 책 《모든 것이 산산이 부서지다》(민음사)를 보면 무너져 내리는 이보족의 전통을 지켜 내기 위해 안간힘을 쓰다가 결국 비극적인 죽음에 이르는 주인공이 등장한다. 이런 작품들을 통해 우리는 현대의 서구식 문화와 아프리카의 전통이 커다란 대립과 갈등을 일으키고 있으며, 혼란스러운 변화 속에서도 희망을 찾으려는 노력이 계속 이어지고 있다는 것을 알 수 있다.

# 제3의 강둑 <sub></sub>The Third Bank of the River

## 주앙 기마랑이스 호자 지음

### 이영석 옮김

## 주앙 기마랑이스 호자 João Guimarães Rosa (1898~1967)

브라질의 동남부 미나스제라이스의 코르디스부르고에서 태어나 미나스제라이스 의과 대학을 졸업하고, 소도시 이타구아라에서 개업 의사로 일을 시작하였다. 이곳에서 처음 브라질 원주민과 접촉하였으며, 진료 활동을 할 때 때로는 환자들에게 진료비 대신 이 야기를 해 달라고 했다고 한다. 이렇게 수집한 향토성 짙은 구전설화는 그의 작품에 많 은 영향을 끼쳤다. 또한 독학으로 여러 외국어를 공부하여 여덟 개 언어에 능통했으며, 그 밖에도 10여 종의 언어를 읽을 수 있었다고 한다. 의사, 군인, 외교관 등으로 활동한 그는 20세기 브라질 최고의 작가로 손꼽힌다. 대표작으로 〈거대한 오지: 숲속의 길〉이 있다.

아버지는 성실하고 정직했으며 반듯한 사람이었다. 내가 아는 믿을 만한 분들의 말에 따르면 아버지는 사춘기 혹은 그 이전부터 이런 성정을 지녔다고 한다. 내 기억으로도 아버지는 허튼소리를 하는 사람이 아니었고, 특별히 다른 사람들보다 우울한 성격의 사람도 아니었다. 좀 과묵한 사람이었던 것 같기는 했다. 우리 집안을 통제하는 것은 아버지가 아니라 어머니였다. 어머니는 날마다 여동생과 남동생, 그리고 나를 닦달했다.

그러던 어느 날, 아버지는 배 한 척을 주문했다. 아버지는 그 일을 무척이나 진지하게 진행했다. 그 배는 아버지를 위해 특별히 미모사나무로 만들어질 거라고 했다. 그 이야기에 어머니는 몹시 화를 냈다.

"어부라도 되겠다는 건가요? 아니면 사냥꾼이라도?"

아버지는 아무 말도 하지 않았다. 우리 집에서 채 일 마일도 떨어지지 않은 곳에 강이 있었다. 강은 깊고 조용했으며, 굉장히 넓어 건너편이 보이지 않을 정도였다.

나는 배가 배달되던 날을 잊을 수가 없다. 아버지는 즐거워 보였지만 별다른 감정을 드러내지 않았다. 그러고는 늘 하던 대로 모자를 쓰고 우리에게 인사를 했다. 음식이나 보따리 같은 것은 가져가지 않았다. 우리는 어머니가 소리치며 화를 내길 바랐다. 하지만 그러지 않았다. 다만 창백한 모습으로 입술을 깨물었다.

"갈 테면 가 버려. 다시는 돌아오지도 마!"

어머니는 이렇게 말할 뿐이었다.

아버지는 아무 말없이 부드러운 눈길로 나를 쳐다보더니 따라오라는 손짓을 했다. 어머니가 화를 낼까 무서웠지만, 나는 아버지의 말을 따랐다. 우리는 함께 강으로 향했다. 왠지 당당하고 통쾌한 기분이 들었다. 그래서 나는 말했다.

"아버지, 저도 함께 배에 타는 거예요?"

아버지는 나를 바라보고 축복하더니, 이제 돌아가라는 몸짓을 했다. 나는 아버지가 시키는 대로 하는 것처럼 했다. 아버지가 등을 돌린 다음, 풀숲에 숨어 아버지를 지켜보았다. 아버지는 배를 타고 노를 저어 떠나갔다. 배 그림자는 마치 악어처럼 길고 조용히 강을 가로질러 미끄러져 갔다.

아버지는 돌아오지 않았다. 그렇다고 어딘가로 떠난 것도 아니었다. 그저 강 안쪽 저 멀리서 이리저리 노를 저으며 떠다녔다. 그런 아버지의 소식을 들은 사람들은 깜짝 놀랐다. 일어난 적 없는 일, 일어날 수도 없는 일이 일어났기 때문이었다. 친척, 이웃, 그리고 친구들이 모여 이 일에 대해 이야기를 나누었다.

어머니는 수치스러워했고, 사람들은 아버지가 미쳤다고 생각했다. 어떤 사람은 아버지가 신이나 성자에게 한 약속을 지키려는 것인지도 모른다고 했고, 또 어떤 사람은 가족을 위해 가족과 함께하는 소망을 버린 것이라고 했다.

강을 여행하는 사람들이나 강둑 근처에 사는 사람들은, 아버지가 낮이든 밤이든 배에서 절대 내리지 않는다고들 이야기했다. 마치 표류선처럼 강을 정처 없이 떠다니기만 한다는 것이었다. 어머니와 친척들은 조만간 배에 숨겨 둔 음식이 바닥나면, 아버지가 강을 떠나 (조금이라도 더 나은) 어딘가로 여행을 가거나 후회하면서 집으로 돌아올 것이라고 했다.

하지만 실제로는 그렇지 않았다. 아버지에게는 비밀 양식 제공원이 있었다. 날마다 내가 음식을 가져다주고 있었던 것이다. 아버지가 떠난 첫째 날 밤, 우리는 모두 강변에 나와 불을 밝히고 기도하며 아버지를 불렀다. 나는 몹시 괴로웠고, 무슨 일이든 해야겠다고 생각했다. 다음 날 나는 옥수수 빵 한 개, 바나나 한 다발, 갈색 설탕 한 덩어리를 들고 강을 따라 내려갔다. 한참을 초조하게 기다렸다. 정말 긴 시간이었다. 마침내 나는 멀리 강물 위에서 거의 느낄 수도 없을 정도로 조용히 혼자 움직이는 배를 발견했다. 아버지는 배 바닥에 앉아 있었다. 나를 보았지만 나를 향해 노를 저어 오지 않았고, 다른 어떤 몸짓도 하지 않았다. 나는 아버지에게 음식을 들어 보이고는 그것을 강둑에 있는 움푹 팬 바위에 놓았다. 그곳은 동물은 물론이고 비나 이슬로부터도 안전한 곳이었다. 나는 날마다 음식을 가져다주었다. 나중에 알게 된 사실이지만, 어머니는 놀랍게도 이를 알고 내가 쉽게 빼돌릴 수 있는 곳에 음식을 내어 두곤 했다. 어머니도 내색은 안 했지만, 여러 가지로 착잡한 마음이었을 것이다.

어머니는 외삼촌의 도움을 받아 농장일과 장사일을 했다. 또 학교 선생님을 집으로 오게 해서 우리가 허비한 시간만큼 우리에게 개인 교습을 받게 했다. 어느 날 어머니의 부탁으로 예복을 입은 신부가 왔다. 그는 강변을 따라 내려가며 아버지에게 씐 악마를 내쫓으려 했다. 신부는 아버지가 불경스런 고집을 꺾어야 한다고 소리쳤다. 또 다른 어느 날, 어머니는 군인 두 명을 데리고 와서 아버지를 위협하게 했다. 하지만 이 모든 일은 아무 소용이 없었다. 거리를 두고 지나쳐 버리거나 멀리 떨어져 있어 잘 보이지 않았기 때문이었다. 아버지는 아무에게도 대답하지 않았고, 어느 누구도 아버지에게 다가가지 못했다. 어떤 신문기자가 소형 기선*을 타고 사진을 찍으러 왔을 때, 아버지는 배를 강의 반대쪽으로 돌려 늪지로 들어가 버렸다. 그곳은 아버지에게는 손바닥 보듯 훤한 곳이었지만 다른 사람은 금방 길을 잃고 마는 곳이었다. 아버지는 머리 위의 무성한 잎과 사방의 골풀 덕분에 수 마일에 걸쳐 있는 자신만의 미궁에서 안전했다.

우리는 점차 아버지가 강 위에 있다는 것에 익숙해져야 했다. 하지만 그럴 수는 없는 일이었다. 결코 그럴 수는 없었다. 나는 내 자신이, 아버지가 원하는 것과 원하지 않는 것을 어느 정도 아는 유일한 사람이었다고 생각했다. 하지만 나는 아버지가 그 고난을 어떻게 견디는지 전혀 이해할 수 없었다. 아버지는 낮이나 밤이나, 맑은 날이나 궂은 날이나, 더울 때나 추울 때나 낡은 모자와 옷 몇 가지만으로 한 주 또 한 주, 한 달 또 한 달, 그리고 한 해 또 한 해를 살아갔다. 그러면서 아버지의 인생은 흘러가고 있었다. 아버지는 섬이나 육지를 막론하고 땅이나 풀숲에는 발을 들이지 않았다. 이따금 잠시 잠을 자기 위해, 섬의 끝단과 같은 비밀 장소에 배를 매어 두긴 했을 것이다. 하지만 불을 피우거나 성냥을 켜는 일은 없었다. 손전등도 갖고 있지 않았다. 그저 내가 바위틈에 놓아둔 약간의 음식만으로 겨우 연명하고 있었다. 그러니 그의 건강 상태가 어떠했겠는가. 배를 다루느라 노를 밀고 당기는 사이 얼마나 기력이 빠졌겠는가. 게다가 갑자기 강물이 불어나고, 작은 배를 부숴 버릴지도 모르는 나뭇등걸이나 죽은 동물의 사체 같은 온갖 위험한 것들이 떠내려오는 홍수는 또 어떻게 견뎌 냈을까.

아버지는 절대 사람에게 말을 걸지 않았다. 마침내 우리도 아버지에 대해 전혀 이야기하지 않게 되었다. 그저 생각할 뿐이었다. 그랬다. 우리는 결코 아버지를 우리 마음에서 몰아내지 않았다. 잠시라도 그렇게 보일 때가 있었다면, 그것은 우리가 아버지의 그 무시무시한 상황에 신경이 예민해져 있기 때문이었다.

누이가 결혼을 했다. 하지만 어머니는 결혼 피로연을 열지 않았다. 피로연이 있었다면 그것은 슬픈 행사가 되었을 것이다. 맛있는 음식을 먹을 때마다 우리는 아버지를 생각했다. 춥고 바람 부는 날 아늑한 침대에서 우리는 바깥에서 홀로 보호 장비도 없이 맨손에 호리병으로 배의 물을 퍼내고 있을 아버지를 생각했다. 그러는 사이 누군가 내가 점점 아버지를 닮아 간다고 말했다. 하지만 내가 알기로 내 나이 때 아버지는 머리와 수염이 더부룩

* 기선 | 증기기관의 동력으로 움직이는 배를 통틀어 이르는 말.

했고, 손톱도 깎지 않아 길었다. 내가 떠올린 아버지는 앙상하고 병든 모습, 검은 머리칼이 햇볕에 탄 모습, 내가 가끔 갖다 놓은 옷가지를 걸치긴 했지만 거의 벗은 거나 다름없는 모습이었다.

아버지는 우리 생각을 하지 않는 것 같았다. 그렇지만 나는 아버지에게 연민과 존경을 느꼈다. 사람들이 내게 칭찬할 때면 나는 이렇게 말하곤 했다.

"아버지께서 그렇게 하라고 가르쳐 주셨어요."

정확한 말은 아니지만, 조금이라도 진실이 담긴 거짓말이었다.

앞서 말한 대로 아버지가 우리 생각을 하는 것 같지는 않았다. 그런데도 아버지는 왜 그곳을 어슬렁거리며 돌아다니고 있었을까. 왜 우리를 보게 되거나 우리 눈에 띄는 일이 없도록 아예 상류 쪽으로 올라가 버리거나 하류 쪽으로 내려가 버리지 않았을까. 답은 아버지만 아는 것이었다.

누이가 사내아이를 낳았다. 누이는 아버지에게 손자를 보여 주겠다고 했다. 어느 화창한 날, 우리는 모두 강둑으로 갔다. 누이는 하얀 웨딩드레스를 입고서 아이를 높이 들어 올렸다. 매제*가 이들의 머리 위로 양산을 받쳐 주었다. 우리는 아버지를 향해 소리치며 기다렸다. 하지만 아버지는 나타나지 않았다. 누이는 울었고, 우리도 서로 부둥켜안고 울었다.

누이와 매제는 먼 곳으로 이사를 갔다. 남동생도 먹고살기 위해 도시로 갔다. 세월은 감당할 수 없이 빨리 흘렀다. 어머니도 이사를 했다. 너무 늙어 딸과 함께 살려고 떠나간 것이었다. 나

154

는 낙오자처럼 남았다. 결혼은 생각할 수도 없었다. 나는 내 인생의 방해꾼과 함께 거기에 남았다. 홀로 버림받은 채 강 위에서 방랑하는 아버지가 나를 필요로 했던 것이다. 아버지는 한 번도 자신이 왜 그러고 있는지 말하지 않았지만, 나는 아버지가 나를 필요로 한다고 생각했다. 내가 끈질기게 물어보았을 때 사람들이 들려준 바로는 아버지가 배를 만든 사람에게 뭔가 이야기한 것이 있다고 했다. 하지만 배를 만든 그 사람은 이미 죽었고, 어느 누구도 그것을 알거나 기억하지 못했다. 그저 비가 오랫동안 심하게 퍼부을 때면, 아버지가 노아처럼 지혜로워 대홍수에도 살아남을 배를 만들었다는 등 몇 가지 우스꽝스런 이야기가 떠돌 뿐이었다. 어떤 경우에도 나는 아버지를 비난하고 싶지 않았다. 그러는 사이에 내 머리도 어느덧 백발로 변해 갔다.

내가 하는 이야기는 슬픈 일에 대한 것뿐이었다. 내가 무슨 나쁜 짓을 했을까. 나의 큰 잘못은 도대체 무엇일까. 아버지는 늘 멀리 있었고, 내 곁에 있는 것은 늘 '아버지의 빈자리'였다. 그리고 강, 영원히 새로워지는 강이 있었다. 내 곁에는 언제나 강이 있었다. 나도 나이를 먹으면서 피할 수 없는 고통을 겪기 시작했다. 질긴 생명을 겨우 이어 가면서 질병과 불안의 공격을 받아야 했다. 끊임없는 류머티즘\*의 고통도 함께했다. 그런데 아버지

---

• 매제 | 손아래 누이의 남편을 이르는 말.
• 류머티즘 | 뼈, 관절, 근육 들이 단단하게 굳거나 아프고 움직이기가 힘든 병.

는? 왜, 왜 아버지는 저러고 있을까. 아버지도 엄청난 고통을 겪고 있을 것이다. 아버지는 더 늙지 않았는가. 언젠가 기력이 다해 배가 뒤집혀도 어쩔 수 없을 것이다. 아니면 강물을 따라 배가 하류로 내려가서 폭포를 넘어 마침내 저 아래 엄청난 혼돈의 파도 속으로 추락할지도 모른다. 그런 여러 가지 생각이 가슴을 짓눌렀다. 아버지는 저 밖에 있었고, 나는 영원히 안식을 빼앗겼다. 내 잘못은 내가 아무런 영문을 모르고 있다는 것이고, 나는 내면의 아물지 않는 상처로 고통받고 있다. 상황이 달라지면 혹시 내가 그 영문을 알게 될까. 나는 어디서부터 잘못된 건지 생각하기 시작했다.

집어치우자! 내가 미친 건가? 아니다. 우리 집에서 그런 말이 오간 적은 없었다. 오랜 세월이 흐르는 내내 아무도 그런 말은 하지 않았다. 어느 누구도 누군가에게 미쳤다고 말하지 않았다. 아무도 미치지 않았기 때문이다. 아니면 모두가 미쳤든지. 내가 한 일이라곤 그곳으로 가서 손수건을 흔들며 아버지가 나를 볼 수 있게 하는 것이었다. 그것은 완전히 내가 원해서 한 일이었다. 나는 기다렸다. 마침내 멀리서 아버지가 나타났다. 저 멀리 배 뒷자리에 앉아 있는 아버지의 모습이 희미하게 보였다. 나는 몇 번이나 그를 불렀다. 그러고는 간절히 하고 싶었던 말을 했다. 형식을 갖추어 맹세를 하며 하고 싶었던 말이었다.

"아버지, 이제 충분히 오래 바깥에 계셨어요. 아버지는 이제 늙었어요. 돌아오세요. 더 이상 그러지 않아도 돼요. 돌아오세요.

이제 제가 대신할게요. 아버지가 원하시면 지금 바로 갈게요. 언제라도 좋아요. 제가 배로 갈게요. 제가 아버지 자리를 맡을게요."

이렇게 말할 때, 내 가슴은 힘차게 뛰고 있었다.

아버지는 내 말을 들었다. 아버지가 일어섰다. 그리고 내 쪽을 향해 노를 저어 왔다. 내 제안을 받아들인 것이다. 갑자기 내 온몸이 부들부들 떨렸다. 아버지는 그 오랜 세월이 지난 이후 처음으로 팔을 흔들었다. 나는 아무것도 할 수 없었다. 그리고 무서워서 머리카락을 늘어뜨린 채 달렸다. 미친 듯이 도망쳤다. 마치 다른 세상에서 아버지가 다가오는 것만 같았다. 나는 용서를 빌었다. 빌고, 또 빌었다.

나는 죽음에 대한 두려움에서 오는 무시무시한 느낌을 경험했던 것이다. 그리고 나는 병이 들었다. 그 후 아무도 아버지를 보지 못했고, 소식도 듣지 못했다. 그런 실패를 하다니, 도대체 내가 사람이란 말인가. 나는 이제 이전과 완전히 다른 사람이 되었다. 나는 그저 침묵할 수밖에 없다. 모든 것이 끝난 것이다. 이제 내 인생의 황야와 평원에 머물 수밖에 없으며, 그저 인생의 시간이 줄어드는 것을 두려워할 뿐이다. 그래도 언젠가 죽음이 오면, 사람들이 나를 작은 배에 태워 길고 긴 강의 영원한 물 위에 띄워 주었으면 싶다. 그러면 나는 강을 따라, 강에서 길을 잃고, 강 속으로, 강이 되어…….

:: 생각 나누기

1 이 작품 속의 아버지는 어떤 사람인가요?

2 '나'가 아버지 곁에 남은 것은 아버지 때문인가요? 아니면 그 자신 때문인가요?

3 여러분이 그동안 살면서 이해할 수 없어 힘들었던 사람이나 일이 있었다면 말해 보세요.

:: 생각 넓히기

이 소설은 아들인 '나'의 독백으로 이루어져 있다.

'나는 아버지가 왜 강을 떠돌고 있는지 알 수 없었다. 아버지를 세상 누구보다 잘 안다고 여겼지만 아버지를 이해한 것은 아니었다. 그러나 아버지를 떠날 수는 없었다. 아버지에게는 내가 필요했기 때문이다. 나는 맛있는 음식을 먹을 때에도, 춥고 바람 부는 날에도 아버지를 떠올렸다. 아버지는 내게 존경과 연민의 대상인 동시에 내 인생의 방해꾼이었다. 그런 아버지를 나는 끝내 이해하지도, 아버지로부터 도망치지도 못했다. 어쩌면 아버지에게 내가 필요했던 게 아니라 내가 아버지를 필요로 한 게 아니었을까? 아버지를 떠나지 못한 내 삶을 사람들은 이해할 수 있을까? 만약 아버지가 내게 강을 떠도는 이유를 말해 주었다면, 나는 아버지를 이해할 수 있었을까?'

세상에는 이해할 수 있는 일들만 일어나는 건 아니다. 매순간 흔들리는 우리 자신, 쉽게 도달할 수 없는 진리, 실체를 본 적 없는 신을 이해할 수 있는가? 강물 위를 떠다니는 아버지처럼 한곳에 붙들어 둘 수 없는 것이 바로 인간 그 자체는 아닐까? 누군가를 완전히 이해한다는 것은 가능한 일이 아닐지도 모른다. 인간의 삶이란 묻고 또 물어도 이해할 수 없는, 해답 없이 오직 물음만이 존재하는, 그래서 끝내 어디인지 모르고, 다다를 수 없는 제3의 강둑과도 같은 것은 아닐까.

## 옮긴이

김성일    한국외대 대학원 노어과 석사 과정과 러시아 상트페테르부르크대학 노어노문학과 박사 과정 졸업. 청주대 유럽어문학부 교수. 지은 책으로 《현대러시아문화》, 옮긴 책으로 《참회록》, 《인생론》 등이 있음.

송무    고려대 영문학과, 동대학원 졸업. 경상대학교 사범대학 영어교육과 교수. 지은 책으로 《영문학에 대한 반성》, 옮긴 책으로 《달과 6펜스》, 《소돔과 고모라》, 《위대한 개츠비》 등이 있음.

이영석    서울대 독어교육과와 동대학원 석사 과정, 동아대 대학원 박사 과정 졸업. 경상대학교 인문대학 독문학과 교수. 지은 책으로 《그리스 로마의 신화와 전설》, 옮긴 책으로 《유럽의 미래》 등이 있음.

최성은    한국외대 대학원 동유럽어문학과 석사 과정과 폴란드 바르샤바대학 폴란드어문학과 박사 과정 졸업. 한국외대 폴란드어과 교수. 옮긴 책으로 《쿠오바디스 I, II》 등이 있음.

허영재    서울대 인문대 독문학과, 서강대 대학원 졸업. 부산대 독어문학과 교수. 지은 책으로 《독일 사실주의 연구》, 옮긴 책으로 《소설 어떻게 해설할 것인가?》, 《우리 같은 영웅들》 등이 있음.

황의열    한림대 부설 태동고전연구소 수료, 성균관대 대학원 한문학과 졸업. 경상대학교 인문대학 한문학과 교수. 옮긴 책으로 《대동운부군옥》, 《남명집》 등이 있음.

| 출처 |

The Open Window (1914) *Little Worlds: A Collection of Short Stories for the Middle School*, Sandwich MA: Wayside Publishing, 1985.

Пари (1888) Полное собрание сочинений и писем в 30-х т. Т. 7, Издательство 'Наука', 1889.

Janko Muzykant (1897) *Janko Muzykant*, Gdansk: Zielona-Sowa, 2001.

Ein Freund der Regierung (1960) *Das Feuerschiff*, Hoffmann und Campe Verlag GmbH, 1960.

鞋 (1997) 《二十世紀中國短篇小說精選》, 人民文學出版社, 2005.

The Soldier (1966) *World Literature: An Anthology of Great Short Stories, Drama, and Poetry*, Lincolnwood, Illinois: National Textbook Company, 1992.

Encounter (1989) *The Art of the Story: An International Anthology of Contemporary Short Stories*, New York: Penguin Books, 1999.

A Drink in the Passage (1961) *World Literature: An Anthology of Great Short Stories, Drama, and Poetry*, Lincolnwood, Illinois: National Textbook Company, 1992.

Marriage is a Private Affair (1972) *World Literature: An Anthology of Great Short Stories, Drama, and Poetry*, Lincolnwood, Illinois: National Textbook Company, 1992.

The Third Bank of the River (1962) *World Literature: An Anthology of Great Short Stories, Drama, and Poetry*, Lincolnwood, Illinois: National Textbook Company, 1992.

# 국어시간에 세계단편소설읽기 2

**1판 1쇄 발행일** 2009년 8월 1일
**개정판 1쇄 발행일** 2012년 4월 9일
**2판 1쇄 발행일** 2020년 3월 16일
**2판 2쇄 발행일** 2020년 9월 28일

**기획** 송무
**엮은이** 전국국어교사모임

**발행인** 김학원
**발행처** (주)휴머니스트출판그룹
**출판등록** 제313-2007-000007호(2007년 1월 5일)
**주소** (03991) 서울시 마포구 동교로23길 76(연남동)
**전화** 02-335-4422 **팩스** 02-334-3427
**저자·독자 서비스** humanist@humanistbooks.com
**홈페이지** www.humanistbooks.com
**유튜브** youtube.com/user/humanistma **포스트** post.naver.com/hmcv
**페이스북** facebook.com/hmcv2001 **인스타그램** @humanist_insta

**편집책임** 문성환 **편집** 김사라 **디자인** 김태형 **일러스트** 민효인
**용지** 화인페이퍼 **인쇄** 청아디앤피 **제본** 정민문화사

ⓒ 송무·전국국어교사모임, 2020

ISBN 979-11-6080-350-1  44800
     979-11-6080-348-8  (세트)

이 도서의 국립중앙도서관 출판예정도서목록(CIP)은 서지정보유통지원시스템 홈페이지(http://seoji.nl.go.kr)와
국가자료종합목록 구축시스템(http://kolis-net.nl.go.kr)에서 이용하실 수 있습니다.(CIP제어번호: CIP2020004205)